EL BARCO
DE VAPOR

Mil escalones
Victoria Pérez Escrivá

Ilustraciones de Gabriel Salvadó

fundación sm

La Fundación SM destina los beneficios de las empresas SM a programas culturales y educativos, con especial atención a los colectivos más desfavorecidos.

Si quieres saber más sobre los programas de la Fundación SM, entra en
www.fundacion-sm.org

LITERATURA**SM**•COM

Primera edición: septiembre de 2017
Quinta edición: marzo de 2025

Dirección editorial: Berta Márquez
Coordinación editorial: Xohana Bastida
Dirección de arte: Lara Peces
Coordinación gráfica: Marta Mesa

© del texto: Victoria Pérez Escrivá, 2017
© de las ilustraciones: Gabriel Salvadó, 2017
© Ediciones SM, 2017
  Impresores, 2
  Parque Empresarial Prado del Espino
  28660 Boadilla del Monte (Madrid)
  www.grupo-sm.com

ISBN: 978-84-675-9776-9
Depósito legal: M-22309-2017
Impreso en España / *Printed in Spain*

El papel utilizado para la impresión de este libro
está calificado como papel ecológico y procede de bosques
gestionados de manera sostenible.

Cualquier forma de reproducción, distribución,
comunicación pública o transformación de esta obra
solo puede ser realizada con la autorización de sus titulares,
salvo excepción prevista por la ley. Diríjase a CEDRO
(Centro Español de Derechos Reprográficos, www.cedro.org)
si necesita fotocopiar o escanear algún fragmento de esta obra.

*Dedicado a todos
los que se han marchado
demasiado pronto.
A Amparo y a José.
Con la convicción de que
nos encontraremos de nuevo.*

Amad el arte; entre todas las mentiras, es la menos mentirosa.
>
> Gustave Flaubert

Las huellas de las personas que caminaron juntas nunca se borran.
>
> Proverbio árabe

El amor es vida.

Prefacio

Tanatia rompió el papel en pedacitos muy muy pequeños. Lo hacía así cuando se enfurecía, y se enfurecía cuando un dibujo no le salía como ella lo había imaginado. En ese momento, Marcos abrió la puerta del dormitorio. Una corriente de aire frío arrastró los papeles por la ventana abierta, y durante un breve instante se arremolinaron en el aire y reconstruyeron la imagen ante la mirada atónita de Tanatia.

Segundos más tarde, se alejaron volando como un pequeño y errático tornado.

Tanatia se giró bruscamente hacia el niño y le miró furiosa, con ojos pequeños y brillantes como moras negras. Hoy era su día libre. El día en el que no tenía que cuidar del pequeño.

—¿Qué te he explicado sobre las puertas?

—Que están dormidas —recordó Marcos automáticamente.

—¿Y qué hay que hacer para despertarlas?

—Darles unos golpecitos.

—Exacto —puntualizó Tanatia—, darles unos golpecitos.

Marcos sopesó cuidadosamente estas palabras y volvió a cerrar la puerta. Dudó un poco antes de golpear con los nudillos de nuevo, y luego esperó.

–¿Qué quieres? –preguntó Tanatia mientras sacaba punta a sus lápices de colores.
–¿Puedo pasar? –preguntó Marcos.
–No.
–Pero he llamado a la puerta.
–¿Y te ha contestado?
–No.
–Entonces es que aún está dormida. Prueba más tarde –ordenó Tanatia abriendo su libreta de dibujo.

Si seguimos a los papelitos, veremos que ahora se elevan por encima de las copas de los árboles, cada vez más lejos de la casa en la que empieza esta historia. Esta mañana, el frío viento del norte juega con las hojas amarillas, los últimos pétalos de las flores y las bolsas de plástico que la gente descuidada tira al suelo.

Más allá, muy por encima de la ciudad, donde las nubes crean paisajes de hielo como icebergs y otras colosales figuras, el capitán Speedy otea el horizonte con su catalejo mientras camina con paso majestuoso por la cubierta de su barco alado. Él es un pirata aéreo. Así le gusta llamarse a sí mismo. De este modo puede ocultar su miedo al agua.

De pronto, algo llama su atención.

Se detiene,

pestañea

e intenta distinguir eso pequeño que se acerca volando al barco.

Los papelitos caen sobre él como una lluvia de confeti. Son de muchos colores, brillantes y luminosos. El capitán Speedy los recoge uno a uno, y después de valorarlos, los guarda en un bolsillo al que da unas palmaditas, como

haría sobre el lomo de un fiel perro guardián. Al capitán Speedy le gustan las cosas pequeñas y brillantes, como a todos los piratas.

Muchos kilómetros por debajo del capitán, Marcos deambula por la casa, mortalmente aburrido y con la inquietante sensación de que alguien le observa a lo lejos. Regresa a su dormitorio, se sienta sobre la moqueta azulada y abre un libro ilustrado con las letras del abecedario. Aún está aprendiendo a leer y le parece un asunto intrigante y mágico, aunque no tanto como los dibujos de Tanatia o los pasatiempos que le ha visto resolver en el periódico que compra a diario.

Tanatia cierra la ventana de su dormitorio y empieza un nuevo dibujo.

1

En la ciudad de A Lo Lejos había un puente de medio arco que cruzaba el río. Lo llamaban el Puente de las Ballenas y debía su nombre a una leyenda. Corría el rumor de que todas las noches, una larga y grave procesión de ballenas se deslizaba bajo él y daba forma a las piedras con el roce de sus lomos. Algunos aseguraban haber escuchado el sonido aflautado de los surtidores de agua, que avisaban de su paso por la ciudad. Era un sonido muy particular y recordaba al de muchos silbatos de diferente afinación sonando al mismo tiempo. Lo cierto es que nadie había visto jamás ninguna de esas ballenas, y sin embargo...

Todos creían esa historia.

Más allá del puente comenzaba una larga y estrecha avenida que atravesaba el corazón de la ciudad y lo dividía en dos. Se la conocía como la Avenida de los Olmos, y sin embargo estaba poblada de manzanos. Las manzanas caían durante el otoño, y los niños correteaban jugando al balón con ellas. La gente decía que las manzanas de esos árboles te rejuvenecían, y aunque nadie había probado ninguna jamás...

Todos creían esa historia.

Si bajabas hasta el final de la Avenida de los Olmos, llegabas a un enorme parque. Tenía dos veces el tamaño de la ciudad y dentro de él había un lago, un laberinto, una plazoleta con columpios, una cueva profunda y un bosquecillo. Podría haber sido el parque con el que sueñan los niños, de no haber presentado un aspecto oscuro y amenazador desde primeras horas de la mañana. Estaba poblado de árboles grisáceos y tierra negra, y lo rodeaba un grueso muro de ladrillos envejecidos y tapizados de hiedra, rematado por hierros que dirigían sus puntas hacia el cielo como flechas. Se llamaba el Parque de los Sonámbulos.

Ningún niño iba a ese parque, y todas las niñeras de la ciudad tenían prohibido visitarlo. Había una razón para esto: en el Parque de los Sonámbulos había un tobogán muy alto y muy peligroso.

Las niñeras aseguraban que era el tobogán más alto del mundo. Se podía ver desde cualquier punto de la ciudad. Colosal como un rascacielos y de color rojo, hundía su final en un cúmulo de nubes negras que lo coronaban constantemente, y en los meses de invierno, terribles tormentas se abatían sobre su cumbre descargando en ella truenos, rayos y relámpagos. Los rumores hablaban de un tobogán tan alto que tardabas la mitad de tu vida en llegar al final y gastabas la otra mitad en bajar, para regresar convertido en un anciano.

Las niñeras disfrutaban contando historias muy tristes sobre niños desobedientes que eran engullidos por el tobogán y desaparecían. Otros regresaban a sus casas después de muchos años, envejecidos y con la memoria perdida.

Nadie había subido jamás al tobogán.

Pero todos creían esa historia...

Y por supuesto,

el parque estaba siempre vacío

porque nadie llevaba a los niños al Parque de los Sonámbulos.

Nadie, excepto Tanatia.

2

Tanatia era la niñera de Marcos, y no le gustaba que le dijeran lo que tenía que hacer.

Tampoco le gustaban las otras niñeras.

Ni los perros.

Ni los gatos.

Pero lo que menos le gustaba a Tanatia era Amelia, la madre de Marcos.

Amelia siempre le daba órdenes.

«Tanatia, recoge a Marcos a las cinco».

«No dejes que Marcos coja cosas del suelo».

«Vigila que Marcos no se manche la ropa».

«Y no lo lleves al Parque de los Sonámbulos».

Tanatia estaba harta de Amelia.

Porque a Tanatia le gustaba llegar tarde a los sitios.

Y recoger cosas del suelo.

No le importaba llevar la ropa sucia.

Y, por supuesto, le encantaba el Parque de los Sonámbulos.

Era un parque muy tranquilo, sin todas esas niñeras ruidosas y sus niños caprichosos. Además, los columpios siempre estaban vacíos y Marcos podía pasar horas columpiándose sin molestarla. Tanatia se sentaba tranquilamente en un banco y leía el periódico. Repasaba las noticias sobre los últimos fallecimientos en la ciudad. Le gustaba estar al tanto de las muertes y los funerales, porque adoraba los entierros. La ropa negra le parecía muy elegante y era experta en diferentes tipos de llanto. Llorar se le daba fenomenal. Nadie lloraba mejor que ella. En cambio, reír...

–Reír es un asco. Cuando te ríes, se te ven todos los dientes –le explicaba Tanatia a Marcos–. Y todo el mundo tiene caries –añadía.

Marcos la escuchaba con atención, aunque no siempre estuviera de acuerdo.

Le gustaba Tanatia.

A pesar de que tenía constantemente los ojos enrojecidos de tanto llorar.

Y los brazos y las piernas delgados como palillos.

Y las ojeras negras como el carbón.

Y la piel de la cara blanca como los huesos.

Le gustaba Tanatia porque dibujaba muy bien.

Tanatia hacía dibujos maravillosos que escondía dentro de su diario. Marcos los había descubierto, y aprovechaba cualquier distracción de Tanatia para hojear las páginas y mirarlos. La última vez que tuvo uno en sus manos, no pudo resistir la tentación de morder una de las esquinas del papel, y le resultó tan delicioso que decidió comérselo entero. Le costó mucho disimular delante de Tanatia cuando esta comenzó a revolverlo todo mientras Amelia la seguía, tratando de apaciguar sus quejas acerca de la deslealtad que suponía robar a una chica tan pobre como ella.

Amelia le subió el sueldo al día siguiente y Tanatia olvidó el dibujo. Estaba ahorrando para comprarse un elegante ataúd, y era una chica práctica.

Sin embargo, Marcos soñaba con esos dibujos. Eran más bonitos que todos sus juguetes juntos, y había algo mágico en ellos, aunque no sabía qué era. Por eso Marcos la adoraba.

A Amelia, la mamá de Marcos, también le gustaba Tanatia. Era una mujer alegre como una mariposa e incapaz de encontrarle un defecto a nadie.

–¡Es tan responsable! ¡Educa tan bien a Marcos! ¡Y Marcos la adora! –explicaba.

Y hay que reconocer que esto último era cierto, a pesar de que la gente que conocía a Tanatia se preguntaba cuál podía ser el encanto que encontraba un niño tan simpático en una muchacha tan triste. Todos huían de la compañía de Tanatia. A nadie le gustaban su aspereza ni su mal humor. Por eso Tanatia siempre estaba sola.

–Le gente es tonta –le explicaba a Marcos–: les gusta reunirse como un rebaño de ovejas. Es mucho mejor estar sola. Si estás sola, puedes hacer lo que te dé la gana.

Marcos la escuchaba muy atento y trotaba detrás de ella. Tanatia tenía una zancada larga y nunca esperaba a Marcos.

3

Aquella tarde, el Parque de los Sonámbulos estaba más gris que de costumbre, y alrededor de la verja merodeaba una fina niebla.

Tanatia y Marcos cruzaron la enorme puerta de hierro y se adentraron en el parque.

Tanatia le explicaba a Marcos algo sobre la desventaja de que en la ciudad hubiera dos cementerios, y lo estúpida y desconsiderada que era la gente que se moría a la misma hora.

Marcos no la escuchaba. En realidad iba atento a la mano derecha de Tanatia, cerrada sobre su diario, del que asomaban esquinas de papeles coloreados. Eran los últimos dibujos que ella había hecho, y Marcos estaba deseando verlos.

Cuando llegaron a los columpios, Tanatia se sentó en su banco preferido y, con un gesto, echó a Marcos de su lado. Luego sacó de su bolsillo el periódico del día y lo hojeó. El periquito de la señora Moller había muerto esa mañana; el entierro sería al día siguiente en el Cementerio de las Almas Pequeñas. También había fallecido la señora Pretty de una indigestión de manzanas a la edad

de ciento veintiocho años. Su cuerpo, ¡asombrosamente joven!, sería enterrado ese mismo día.

Tanatia, nerviosa, intentaba decidir cuál de los dos funerales era más atractivo. Mientras leía las esquelas y se mordía las uñas, Marcos se columpiaba. De vez en cuando echaba un vistazo al diario de Tanatia, sobre el banco. Ya se había apropiado de un dibujo, uno pequeño pero muy bonito. Se le había caído a Tanatia por accidente, y Marcos estaba seguro de que lo daría por perdido. Lo llevaba escondido debajo de la camisa.

Tanatia repasaba las páginas del periódico de arriba abajo.

Cris, cras.

Marcos se balanceaba.

Slump, slump.

Cuando se elevaba alcanzaba a ver las copas de los árboles, sus ramas negras y retorcidas como plásticos quemados. Cuando bajaba veía la tierra oscura y la niebla lechosa que había comenzado a cubrir el suelo.

Se impulsó un poco más fuerte. Por encima de los árboles le pareció ver un gigante de hierro rojo. El corazón de Marcos dio un brinco. Esperó el siguiente balanceo y, al llegar arriba, atisbó un altísimo tobogán. Había oído hablar de él, aunque Tanatia nunca le llevaba a verlo. El tobogán estaba en una zona del parque que nunca visitaban, escondido entre los árboles.

Marcos dejó que el columpio perdiera fuerza. Comenzaba a estar realmente aburrido.

Se bajó del asiento de madera y se acercó a Tanatia arrastrando los pies.

—Tania, me aburro.

Tanatia rellenaba un crucigrama. Apartó el periódico y le miró con fiereza. Ella sabía resolver todos los pasatiempos del periódico y Marcos la admiraba por eso.

—Pues juega al escondite.

—¿Vas a jugar conmigo?

—No. Voy a seguir leyendo el periódico —dijo Tanatia, cada vez más impaciente.

—¿Y cuánto vas a tardar en leer el periódico? —le preguntó Marcos.

Tanatia levantó la vista y lo miró con el ceño muy fruncido. Marcos echó un vistazo al diario de Tanatia sobre el banco, junto a ella.

—¿Me lo dejas? —se atrevió a pedir.

Tanatia lo abrió, arrancó una hoja de papel, lo volvió a cerrar, le dio un lápiz y dijo:

—Cuenta todos los árboles. Cuando hayas acabado, me avisas.

—Eso no es divertido.

—Las cosas divertidas te vuelven estúpido —sentenció Tanatia, y regresó a su lectura.

Marcos guardó el papel en su bolsillo y deambuló un rato alrededor del banco. Luego jugó a lanzar el lápiz contra el tronco de los árboles, como si se tratara de una flecha, hasta que lo perdió. Entonces se alejó de los columpios y anduvo por el bosquecillo. Un poco más allá vio una mancha rojiza. Estaba seguro de que era el tobogán prohibido. Echó un vistazo hacia Tanatia para asegurarse de que no le vigilaba y, con el corazón haciendo patatín, patatán, siguió adelante.

4

Cuando llegó junto al tobogán, se quedó muy impresionado. Era tan alto que no alcanzaba a ver el final. Lo rodeó y se detuvo frente a los escalones. Estaban muy sucios y parcialmente cubiertos de hojas secas. Pasó la mano por el primero para limpiarlo. Entonces se dio cuenta de que había algo escrito. Se trataba de una letra. Marcos la reconoció con alegría: era la letra A. Le gustaban las letras y se le daba bien la lectura, aunque aún se equivocaba en algunas palabras.

Junto a la letra había un número, un uno seguido de tres ceros. Marcos no conocía ese número. Miró el siguiente escalón. Leyó una D, y luego tres nueves juntos. Conocía la A y la D, pero no entendía esos números.

Volvió corriendo junto al banco donde leía Tanatia.

–¡Tania, he encontrado uno de esos! –exclamó Marcos señalando la página de pasatiempos, en la que siempre había letras y números–. Pero este es muy difícil. ¿Cómo se llama el uno con tres ceros?

–Mil –contestó Tanatia sin interrumpir su lectura.

–¿Y tres nueves?

–Novecientos noventa y nueve.
–¿Y luego?
–Mil.
–No lo entiendo.

Tanatia se hizo la sorda. Marcos esperó un rato, pero luego supo que si volvía a hacer una pregunta más, Tanatia lo llevaría de vuelta a casa, y ahora que había descubierto el tobogán, no quería irse del parque.

–Voy a contar los árboles –anunció en voz alta.

Tanatia no contestó.

Marcos atravesó el bosque y se detuvo de nuevo frente a los escalones.

El siguiente escalón tenía la letra A y el número cinco, seis, siete. El siguiente la letra M y el número ocho, cinco, cuatro. Marcos no conocía bien el orden de todos los números, pero estaba casi seguro de que estos estaban desordenados, y eso le animó a subir más escalones.

Cuando llegó al sexto, encontró el lápiz que le había dejado Tanatia. Juraría que lo había perdido entre los árboles.

Echó un vistazo a su alrededor antes de decidir qué hacer. El parque seguía vacío, y la niebla trepaba hecha jirones por los troncos de los árboles como serpientes albinas.

Recogió el lápiz, se sacó el papel del bolsillo y decidió que copiaría los números y las letras de cada escalón, y luego se los enseñaría a su madre. Ella le ayudaría a ordenarlos. Anotó hasta donde le llegaba la vista. Después tuvo que subir un escalón más para poder ver el siguiente.

Y después subió otro,
Y otro.
Y otro.

Cada vez estaba más alto, y eso le gustaba y le ponía nervioso al mismo tiempo. Sintió un cosquilleo en el estómago y miró hacia abajo. Si saltaba desde allí, no se haría daño, se dijo. Luego no estuvo tan seguro.

Se detuvo a escuchar por si Tanatia le llamaba, pero el parque estaba en silencio. Marcos respiró aliviado. Seguramente ella aún estaba leyendo. Subió unos cuantos escalones más. Sabía que estaba prohibido subirse a ese tobogán, y ya había ido muy lejos. El cosquilleo de su estómago aumentó.

Me bajaré cuando llegue hasta allí, se dijo, marcando con la mirada un escalón que parecía un poco más ancho que los demás.

Tanatia leía la última esquela del periódico cuando tuvo un presentimiento. Alguien más iba a morir ese día.

Y esa voy a ser yo, pensó.

No supo cómo lo supo, pero lo supo.

Tanatia siguió leyendo las esquelas y trató de olvidar esa idea. Pero la idea volvía a su cabeza una y otra vez como un perro obediente.

La niebla se arrastraba entre los columpios y se comía las hojas del suelo. La niebla borró el primer escalón y el segundo y el tercero y el cuarto. Borró la parte baja de los árboles, el banco donde estaba sentada Tanatia y los tobillos de Tanatia.

Tanatia sujetaba el periódico con las dos manos. Cada vez había menos luz, y apenas distinguía ya las letras. Decidió que era hora de regresar a casa. Miró hacia los columpios, pero no vio nada.

–¡Marcos! –gritó.

La noche cayó súbitamente sobre el parque. Tanatia buscó su diario sobre el banco y, sin querer, lo tiró al suelo. Se agachó para recogerlo y de pronto se sintió muy cansada. Muy muy cansada.

Tengo sueño, pensó, y algo en ella le advirtió: *No te duermas.*

Inclinada sobre sus piernas, mientras tanteaba la tierra polvorienta con las puntas de los dedos, apenas podía mantener los párpados abiertos.

Será solo una cabezadita, se dijo. Y cerró los ojos.

La niebla trepó sobre la espalda de Tanatia, se deslizó por su cara, sus brazos y su tronco y la hizo desaparecer.

Cuando Marcos miró hacia el parque, ya había subido cincuenta escalones y los árboles, los columpios, el banco y Tanatia habían desaparecido.

5

Marcos había llegado a un escalón sobre el que caían finísimas gotas de lluvia. En unos segundos tenía el pelo empapado, y las mangas de su jersey chorreaban agua por los puños.

Quizá había subido ya demasiados escalones.

Subir todos los escalones había parecido divertido al principio.

–Casi todas las cosas parecen divertidas cuando las haces por primera vez. Luego son aburridas –solía explicarle Tanatia.

Pero Marcos sabía que con ciertas cosas sucedía exactamente lo contrario.

Por ejemplo: la primera vez que había montado en bicicleta, había pasado la mayor parte del tiempo en el suelo, y eso no había sido nada divertido.

En absoluto.

Sin embargo, al cabo de varios intentos, muchas caídas, rasguños y moratones, había conseguido llegar hasta el final de la manzana. Y días más tarde podía pedalear en su bicicleta mientras su padre conducía el coche muy despacio junto a él.

Marcos lo recordó con orgullo y de pronto deseó poder montar en su bicicleta. Así que decidió bajar.

Se guardó el papel en el bolsillo y buscó con el pie el escalón que acababa de dejar atrás. Pero el escalón no estaba.

Se inclinó hacia abajo y palpó con una mano, mientras con la otra se asía a la barandilla. Su brazo se hundió en la niebla. Le pareció que algo viscoso lo rozaba y levantó la mano con aprensión.

No podía ver el parque, ni a Tanatia. Tan solo escuchaba un suave rumor, como si algo se deslizara un poco más abajo.

Una docena de pensamientos tristes cayeron sobre él y entonces llovió con más fuerza. Cuanto más triste se ponía, más agua caía. Tuvo un momento de indecisión en el que ahogó dos o tres pucheros y estuvo a punto de estallar en una descomunal rabieta.

La lluvia se hizo tan intensa que los pensamientos tristes empujaron dentro de su cabeza, golpearon, tocaron el tambor e hicieron tanto ruido que, al final, Marcos no pudo más y los dejó salir.

Dos culebras negras asomaron por la manga derecha de su camisa.

Marcos las miró con asco. Eran brillantes y resbaladizas, y se enredaban la una en la otra, jugueteando. Se las sacudió del brazo con fuerza. Las culebras cayeron sobre el escalón, junto a él. Una de ellas sonrió. Tenía una boca alargada y oscura.

–¿Te acuerdas de aquel niño que se cayó en un pozo? –le dijo.

Marcos asintió. Había escuchado esa historia de boca del carnicero mientras este cortaba una docena de chuletas de cordero para Tanatia. Era una historia muy triste, y Tanatia se la contaba algunas noches a la hora de dormir.

–Las historias tristes son buenas para los huesos –le había explicado Tanatia una noche que Marcos se había tapado los oídos para no volver a oírla–. Los fortalecen y los hacen duros. Así que deberías sentirte afortunado. Gracias a mí serás un muchachote fuerte y robusto.

–Pero a mí me gustan las historias alegres –protestaba Marcos.

–Las historias alegres te vuelven simple –sentenciaba Tanatia.

Marcos se acordaba perfectamente de la historia.

Un niño había caído dentro de un pozo. Era un pozo tan largo y tan oscuro que nadie podía ver el final. Habían intentado rescatarlo, pero las escaleras eran demasiado cortas. Sus padres habían construido una casa alrededor del pozo. El pozo estaba dentro del salón de la casa y los padres vivían apenados, atentos a cualquier sonidito procedente de él.

El niño enviaba cartas a sus padres. Hacía aviones de papel con las cartas que escribía y las lanzaba fuera del pozo. Los padres nunca conseguían cazar los aviones, ya que volaban con tanta fuerza que rompían los cristales de las ventanas y escapaban por ellas.

Marcos estaba seguro de que Tanatia se había inventado el final de la historia.

Pero invención o no, era una historia triste.

Muy triste.

La culebra sonrió satisfecha y se alejó.

La segunda culebra se enroscó junto a Marcos. Abrió una boca alargada y tosió.

—¿Recuerdas aquella vez que estuviste enfermo dos semanas?

Y Marcos recordó. Esa era una historia muy triste. Una historia llena de médicos y termómetros, inyecciones y medicinas amargas, fiebre, estornudos y dolor de garganta.

Marcos sacudió la cabeza. No, no iba a acordarse de aquella historia.

Se puso de pie sobre el escalón y trató de subir al siguiente. Las culebras negras se enredaron alrededor de su tobillo y tiraron de él hacia abajo. Marcos pateó con tanta fuerza que las culebras cayeron hacia la niebla.

Marcos escuchó un chapoteo y luego nada.

Tengo que salir de este escalón, pensó, y siguió subiendo.

6

No se detuvo hasta estar seguro de que las culebras no le perseguían. Entonces se sentó a descansar.

Ya estaba bastante alto y podía ver las azoteas de la ciudad. También veía las nubes, las copas de los árboles y ese par de zapatos...

¿Zapatos?

Sí, un par de zapatos bien sujetos a dos finos tobillos se balanceaban a la altura de su cabeza. Una tenue nube velaba el resto, pero a Marcos no le cabía la menor duda de que se trataba de los zapatos de una niña, porque eran de color rosa. Puaj.

Las nubes se deshicieron en jirones, sacudidas por un pequeño terremoto interno. La niña agitaba la única mano que le quedaba libre mientras con la otra se agarraba a un grupo de globos.

Marcos subió más escalones para verla mejor. Era más o menos de su edad.

–¿Qué miras? –dijo la niña con gesto adusto.
–Tus globos.
–No puedes mirar mis globos sin mi permiso –le espetó la niña.

–No lo sabía.
–Si los miras, tienes que pagar.
–No tengo dinero.
–Pues entonces no mires.
–Es que se me van los ojos hacia allí.
–Pues ciérralos.
–No quiero –contestó Marcos en un acto de valentía.
–Vaya, eres uno de esos niños... –susurró ella, pensativa.
–¿Qué niños?
–Malos.
–Yo no soy malo.
–Sí, lo eres. Mírate. Te has subido al tobogán y todo el mundo sabe que eso está prohibido.
–¿Y tú? ¿Qué haces ahí? –le preguntó Marcos desafiante.
–¿Es que no lo ves? ¡Sujeto los globos! –dijo la niña con impaciencia.
–Yo creo que los globos te sujetan a ti –replicó Marcos en un arrebato de sentido común.

Luego, los dos se quedaron callados. La niña se giró de espaldas a él y Marcos aprovechó para fijarse en ella. Estaba muy despeinada, y en su pelo se habían enredado pequeñas hojas secas y ramitas retorcidas como cables. Un pajarito había anidado sobre su cabeza, y media docena de pequeños huevos blancos se cascaban y se abrían dejando asomar crías desplumadas. Pero a ella no parecía molestarle en absoluto.

–¿Cómo te llamas? –preguntó Marcos fascinado.

–Casilda –dijo, y luego agitó los pies para girar en el aire. Su falda se abrió como una sombrilla de colores.

–¿Te has perdido?

–No.

–¿Y dónde están tus padres?

–Allí –señaló Casilda, dirigiendo su dedo hacia alguno de los numerosos tejados que poblaban la ciudad.

–Están muy lejos... –reflexionó Marcos, que ahora se daba cuenta de que la ciudad parecía alejarse cada vez más del tobogán

–Pero cuando haya cazado muchos, volveré a casa –le explicó la niña.

–¿Qué quieres cazar?

–¡Los globos!

Marcos no entendía nada.

–¿Y para qué quieres tantos globos?

–Siempre hay que tener algo. Si no tienes nada, eres pobre, y si eres pobre no vales nada.

Marcos se miró las manos y le mostró el lápiz y el papel que tenía.

–Yo tengo estas dos cosas, y muchas más en mi casa –dijo, un poco inseguro.

–Bueno, no es mucho. Aún necesitas más para ser rico. Y cuando seas muy muy rico, puede que me case contigo –sentenció ella.

–¿Casarnos?

–¿Lo prometes?

Marcos intentó replicar, pero no se le ocurrió qué decir, y Tanatia le había explicado que abrir la boca para decir tonterías era peor que balar como una oveja.

—Lo prometo –dijo resignado.

Casilda sacudió las piernas y se alejó moviendo en el aire la única mano que le quedaba libre. Ahora iba tras una cuerdecita que atravesaba un gigantesco banco de nubes, denso como el merengue. Más allá de las nubes asomaba un enorme globo blanco. Y un poco más arriba, algunos más de muchos colores. Marcos subió otro escalón sin perderla de vista. Casilda llegó hasta la cuerdecita y tiró de ella. Marcos lamentó no poder ayudarla. Estaba seguro de que él era más fuerte que la niña, aunque fuera más pobre.

Un atronador crujido sacudió el cielo. Un sonido largo y potente. El globo atravesó las nubes deshaciéndolas en corderitos. Marcos abrió la boca, asombrado: el globo que había cazado la niña era mucho más grande de lo que parecía. Debía de ser tan grande como la luna, y de él colgaba un enorme barco. La proa y la popa se estabilizaban con dos enormes grupos de globos de colores. Marcos nunca había visto nada igual.

De la base del barco asomaban veinte largos palos, diez a cada lado, rematados por largas y espesísimas plumas que batían el aire como las alas de una bandada de pájaros. De este modo se desplazaba la enorme mole, guiada por dos impresionantes velas blancas infladas como las panzas de un par de gordinflones cocineros.

—¡Ya te tengo! –exclamó Casilda.

La niña sonreía satisfecha. Nunca había cazado un globo tan grande.

Marcos apenas podía creerlo. Él había visto ese barco. Sí, lo había visto antes, no hacía mucho tiempo. Buscó bajo su camisa y sacó el dibujo que le había robado a Tanatia.

Allí, sobre el papel, había un barco exactamente igual a ese. Un barco gigante que flotaba en el cielo. Un barco con alas, y en lo alto del palo mayor, una enorme antorcha que humeaba vapores negros que inflaban un gran globo blanco.

7

Marcos levantó la vista del dibujo. Un aullido reunió a un grupo de marineros que se asomaron por la borda. Uno de ellos hizo sonar una gran caracola con forma de trompeta. Marcos se agazapó en el escalón todo lo que pudo.

–¡Presa a estribor! –exclamó el vigía subido al palo mayor.

Un hombretón grande y robusto apartó a los marineros dando manotazos a su alrededor y asomó medio cuerpo, mientras sujetaba un largo catalejo con las dos manos. El hombretón dirigió el catalejo hacia Casilda y exclamó:

–Vaya, vaya, pero si es nuestra ladrona de globos. ¡Ya tenía yo ganas de echarte el guante! ¡Dos voluntarios! –ordenó con su potente vozarrón

Inmediatamente se montó un gran alboroto alrededor del hombretón, que Marcos adivinó como el capitán del extraño navío. Dos marineros de no más de doce años, con el pelo rojo rojísimo y tan enredado que hubieran hecho falta varias madres abnegadas para desenredarlo, se ofrecieron voluntarios para tirar de la cuerda a la que se agarraba la niña con todas sus fuerzas.

–¡Contaremos hasta diez, y luego, de un tirón subiremos a bordo nuestra pieza!

Marcos miró a Casilda, que no parecía en absoluto preocupada por el hecho, para Marcos indiscutiblemente aterrador, de haber sido capturada por un grupo de malvados piratas. Todo lo contrario. En cuanto los marineros dieron el primer tirón de la cuerda, la niña les sacó la lengua y les chilló todas las palabrotas que se sabía –que, en opinión de Marcos, eran muchas, y algunas totalmente desconocidas para él–. Pero los marineros hicieron caso omiso de Casilda, pues entonaban a pleno pulmón una canción que decía más o menos así:

¡Viva, boba, buba, va!
Uno, dos y luego el seis,
nueve y cinco y ocho y diez,
siete y cuatro y falta el tres.
¡Viva, boba, buba, ya
aprendimos hasta el diez!

Los marineros se felicitaban entre sí cada vez que llegaban al final de la estrofa. No les costó mucho capturar a Casilda, que se negaba a soltar los globos. La niña pataleó, chilló, mordió y dijo más palabrotas feas, pero no lloró. El capitán la encadenó por el tobillo a una pesada ancla.

Marcos miraba la escena atónito.

–¡Y ahora en marcha! –exclamó el capitán.

De nuevo se formó un tremendo alboroto, y un gran trasiego de idas y venidas por la cubierta del barco. Afortunadamente, se preparaban para zarpar. Marcos respiró aliviado.

Pero de pronto, Casilda hizo algo inesperado.

–Aún está él –exclamó señalando a Marcos.

El corazón de Marcos dio un brinco. El capitán Speedy desplegó el catalejo, lo enfocó hacia el tobogán y sonrió de medio lado, haciendo brillar un diente de oro que se había ocultado dentro de su boca grande y oscura como una cueva.

–¡Bien, bien, bien! ¡Hoy estamos de suerte! ¡Dos peces en el mismo día! –y de un golpe de timón, giró el barco hacia el tobogán.

El cielo crujió y se hizo mucho más oscuro.

Las nubes se apartaron rompiéndose en pedacitos oscuros.

El sol se escondió asustado tras las montañas.

Y la luna blanca y silenciosa alumbró a Marcos.

Hasta ese momento, Marcos había sido valiente. Muy valiente.

Cuando los escalones habían desaparecido, cuando las culebras negras le habían entristecido con sus penosas historias y cuando una de ellas había intentado arrojarle al suelo.

Pero ahora Marcos estaba muy arrepentido de haber subido los escalones y de haberse alejado de Tanatia. Por eso, cuando vio el enorme barco, al capitán y a su docena de marineros mirándole fieramente, sintió que le flaqueaban las fuerzas y gritó a pleno pulmón:

–¡Tanatiaaaaaaaaaa!

Y comenzó a llorar.

Las lágrimas corrieron por sus mejillas, cayeron a lo largo de su camisa, resbalaron sobre su zapato, gotearon por los escalones para saltar sobre las hojas de los árboles, se deslizaron por sus ramas y finalmente se hundieron en la niebla hasta caer en la cabeza de Tanatia haciendo tip, tip.

Y Tanatia despertó.

8

Tanatia abrió los ojos. Había oído a un niño llorar. Estaba segura. Si había algo capaz de despertar a Tanatia, era
ese chillón,
estúpido,
ridículo,
agudo,
terco
y molesto gimoteo infantil que tanto conmovía a los padres. ¿Qué había de conmovedor en un griterío adornado de mocos, lágrimas y pucheros?

Pestañeó varias veces. Apenas atisbaba a contarse los dedos, y mucho menos a ver el parque y los columpios, pero sí pudo distinguir el velo blanquecino de la niebla que la rodeaba.

Tanatia agitó los brazos y logró apartar la niebla unos segundos. Inmediatamente se volvió a cerrar como una cortina.

Entonces se detuvo a escuchar.

«Si te falta la vista, escucha.

Si te falta el oído, toca

Si le faltan las manos, camina

Y si después de eso no hay nada... Nada puedes hacer, pues estás muerto».

Eso solía explicarle Tanatia a Marcos.

Así que se detuvo a escuchar antes de decidir si estaba muerta o no. Y oyó algo que se arrastraba hacia ella. Luego tocó a su alrededor y descubrió que estaba sumergida en agua hasta las rodillas. Intentó caminar, pero en unos segundos el agua había alcanzado la altura de sus axilas y seguía subiendo. Así que decidió seguir su propio consejo.

«Nada».

–Nada, nada, Tanatia –se dijo con todas sus fuerzas, y comenzó a nadar.

Tanatia nadaba dando brazadas hacia todos lados, pero la niebla le impedía ver hacia dónde se dirigía. Así que recordó que el agua siempre corre hacia algún sitio y decidió dejarse llevar.

Flotando boca arriba, se deslizó entre los columpios donde Marcos había estado jugando unas horas antes y atravesó el bosquecillo que ocultaba el camino hacia el tobogán. Pasó junto a las ballenas que navegaban silenciosas por el parque, y rozó su lomo frío y húmedo. Escuchó el sonido aflautado de sus surtidores y las vio alejarse como montañas oscuras.

Tanatia estaba cerca del tobogán cuando tropezó con las dos culebras negras. Una se arrastró hasta su escote y se detuvo cerca de su cara. Tenía los ojos de un amarillo fosforescente. La culebra negra le sonrió. A Tanatia no le gustó esa sonrisa en absoluto.

–¿Recuerdas el niño que se cayó dentro de un pozo? –le pareció escuchar dentro de su cabeza.

–Sí, conozco muy bien esa historia, pues yo la inventé. Y la de las culebras negras que servían de anzuelo para los peces –añadió Tanatia, y la apartó de un manotazo. Pero la culebra se enredó en su muñeca como un brazalete.

Tanatia sabía que donde hay cosas oscuras y pegajosas siempre hay un niño llorando. Así que esperó. No tardó en aparecer la segunda culebra negra, que se enroscó en su otra muñeca. Las culebras tiraron de sus brazos. Tanatia no se resistió. Estaba segura de que esos dos bichos sabían dónde estaba Marcos.

Me parece que hoy no llegaré a tiempo al funeral de la señora Pretty, se dijo. Luego se dejó llevar.

9

Marcos lloraba sobre un escalón. El enorme barco flotaba cada vez más cerca del tobogán, y el capitán Speedy miraba a través de su largo catalejo.
—¡Todo a estribor! —exclamó Speedy.
Marcos reanudó su carrera escalones arriba. El aliento que salía de su boca dejaba un rastro de vapor rizado como la espuma de las olas antes de romper en la orilla. Marcos se sujetaba a los escalones con manos y pies, impulsado por el terror y la voluntad, pues el corazón había comenzado a resonar en sus oídos con un sonido de patapom, patapom (que es lo que hace el corazón cuando ya estás al borde de tus fuerzas).
El navío se aproximaba despacio, como si su capitán disfrutara con la pesca. Marcos se detuvo en seco. Ni la voluntad ni el miedo le daban fuerzas para seguir subiendo. El capitán Speedy mandó lanzar el ancla, que se enganchó con maestría en la barandilla del tobogán. Los remos dieron un nuevo giro en el aire y, de un solo golpe, el barco atracó junto a Marcos.
El capitán asomó medio cuerpo por la borda y acercó tanto su cara al tobogán que Marcos pudo sentir el calor de su aliento.

–¡Un muchachote como tú, llorando! ¿Es que no te da vergüenza?

Marcos negó con la cabeza.

–Haces bien: la vergüenza solo sirve para hacerte bajito –reflexionó el capitán. Luego recobró su aspecto feroz y murmuró con un ronquido lleno de rencor–: Siempre tropiezo con este maldito tobogán. Llevo docenas de años navegando por estos cielos y nunca he dejado de cruzarme con este monstruo miserable.

–No es un monstruo –se atrevió a decir Marcos sorbiéndose las lágrimas–, solo es un tobogán

–Oh, no. Te equivocas. No es *solo* un tobogán. ¡Pero yo necesito más marineros para mi tripulación! ¡Y nadie arrebata una buena presa al capitán Speedy! –exclamó el capitán, y abrió una mano enorme y peluda como una araña con la que intentó atrapar a Marcos, que escapó por un pelo–. ¡Mil rayos! ¡Adelante, muchachotes, no dejemos que se escape!

Pero Marcos había recobrado algo de aliento y ahora subía a toda velocidad, aunque sus pulmones pitaban por el esfuerzo.

Un pitido más fuerte aún cortó el aire silbando cerca de su oreja. Marcos tuvo los reflejos suficientes para esquivarlo y se agachó.

¡Shuuuink!

Uno de los globos que mantenían equilibrada la popa del barco estalló, y los pedazos de plástico quedaron suspendidos en el aire como pequeños banderines de colores.

Inmediatamente, otro de los globos estalló,

y un tercero,
y un cuarto.
¡Shuuink! ¡Shuuuink! ¡Shuiink!

El capitán Speedy y toda su tripulación corrían por la cubierta, mientras el capitán berreaba órdenes a diestro y siniestro.

–¡Inflad más globos! ¡Todo el mundo a soplar!

En un momento, Marcos estaba envuelto en una lluvia de proyectiles que zumbaban dando de lleno en el blanco. Los muchachitos que formaban la tripulación apenas conseguían inflar los globos antes de que un par de ellos explotaran de nuevo. Por eso el barco comenzó a balancearse hacia delante y hacia atrás, y en cubierta todos rodaban de un extremo al otro, de proa a popa y viceversa.

Un nuevo disparo dio de lleno en el gigantesco globo blanco que sujetaba el palo mayor. El globo comenzó a desinflarse pitando, contoneándose y arrastrando al barco en su agónico zarandeo. El navío giraba sobre sí mismo como una peonza.

–¡Situación de emergencia! –bramó el capitán Speedy, y él mismo comenzó a trepar por el palo mayor sujetando entre los dientes un enorme parche negro.

Marcos se dijo que ese era el momento de alejarse de allí, pero entonces reparó en una puertecita de madera, no más alta que él, que se erguía sobre el escalón.

¿Una puertecita?

Sí. Con sus paredes a ambos lados, su marco, su cerradura, su pomo y una mirilla por la que salía un tubito desde el que alguien lanzaba aquellos proyectiles.

10

Marcos aporreó la puerta.

–¡Socorro! ¡Ayuda! –gritó a pleno pulmón.

Los proyectiles cesaron un segundo, el tubito desapareció y en su lugar apareció un ojo que se concentró en Marcos con fiereza.

–¿Quién eres tú? –dijo una voz tan aterradora como la del capitán Speedy.

–Yo, señor... Me llamo Marcos, y ese horrible pirata está intentando atraparme.

Un nuevo proyectil zumbó hacia otro de los globos. Marcos tuvo que agacharse rápidamente para no ser alcanzado por él.

–¿Y por qué estás en mi escalón?

–No sabía que era suyo, señor –se disculpó Marcos. Otro proyectil pasó rozando su cabeza.

El capitán Speedy había conseguido tapar el agujero del globo con un parche, y ahora le miraba desde lo alto del palo mayor. Sus ojos parecían tan rojos como las brasas que quedaban cuando el padre de Marcos dejaba que se consumiera el fuego de la chimenea.

Los marineros habían vuelto a sus puestos, y de nuevo las alas de los remos batían el aire. Marcos golpeó la puerta con fuerza.

–¡Por favor, señor, déjeme entrar!

–Aquí solo hay sitio para uno –exclamó la voz, y una nueva piedrecita salió disparada.

Dos o tres globos explotaron haciendo que la popa del barco se inclinara peligrosamente hacia adelante. Los marineros volvieron a rodar hacia la proa, amontonándose como las piedras que las olas del mar arrastran hasta la orilla.

–¡Todos a sus puestos! ¡Corneta, toque retirada! –ordenó el capitán agarrándose al palo con las dos manos.

Marcos miró a Casilda, que seguía sujetando sus globos y no parecía interesada en nada de lo que pasaba a su alrededor.

–¡Casilda! –le gritó.

–¡Recuerda tu promesa! –exclamó la niña despidiéndose de él.

¿Qué promesa?, pensó Marcos unos segundos antes de recordar la espeluznante posibilidad de casarse con esa niña salvaje y testaruda.

Los remos alados se movieron con fuerza alejándose del tobogán. El barco se hizo muy chiquitito y desapareció en el cielo. Entonces Marcos se dejó caer en el escalón y decidió que tumbarse a descansar era una buena idea, aunque ya no confiaba mucho en sus buenas ideas.

La primera vez que había visto ese tobogán, también le había parecido una buena idea subir sus escalones. Estaba claro que las buenas ideas eran un asunto que uno debía considerar con calma antes de lanzarse a ellas. A Marcos le pareció que ese pensamiento era nuevo y muy interesante, y sintió que algo había cambiado. Sí, su cabeza funcionaba de forma diferente. De pronto sabía algunas cosas que antes no sabía, pero también parecía estar olvidando otras.

Por ejemplo, ahora le costaba recordar la cara de sus padres, y eso le asustó un poco. Le parecía que había pasado mucho tiempo desde la última vez que los había visto. También pensó en Tanatia y se preguntó qué habría sido de ella. Probablemente estaría buscándole por todo el parque y maldiciendo en voz alta con frases que Marcos acostumbraba a escuchar cuando a Tania no le salían las cosas como ella quería… De pronto, sintió que la echaba de menos.

–Taaaaaniiiiiaaaa –gritó rodeándose la boca con las manos.

Luego cerró los ojos y se quedó dormido.

11

Tanatia se deshizo de las dos culebras con un manotazo. La habían conducido hasta el tobogán, donde una figura negra y delgada, cubierta por una capa, permanecía sentada –desafiando las leyes de la gravedad– sobre uno de los estrechos bordes de la rampa. La oscuridad que la rodeaba estaba formada por ondulaciones violetas y purpúreas, y al girar la cabeza encapuchada hacia Tanatia, dejó en el aire una línea de fuego azul y titilante.

Tanatia sintió un escalofrío al reconocerla. Fumaba un cigarrillo que iluminaba ligeramente el interior de la capucha donde ocultaba la cara, pero Tanatia sabía perfectamente que se trataba de La Muerte. Ya la había visto demasiadas veces en todos aquellos funerales a los que acudía cuando la mamá de Marcos le daba permiso. Ella siempre estaba rondando por allí, fumando esos apestosos cigarrillos, lanzando bocanadas de humo que escapaba entre sus huesos.

De un par de brazadas, Tanatia alcanzó la rampa que se sumergía en el agua y palpó con los pies para comprobar si podía tocar el fondo. A duras penas llegaba con las puntas de los zapatos. Resopló y gruñó al recordar que esa mañana había elegido uno de sus vestidos favoritos. Luego se dio cuenta, horrorizada, de que llevaba su diario en el bolsillo derecho del abrigo. Palpó bajo el agua y lo sacó a la superficie. No pudo ocultar su perplejidad al descubrir que estaba completamente seco. Lo elevó sobre su cabeza y lo abrió cuidadosamente con las manos. Ni una sola página se había mojado. Los dibujos continuaban intactos, brillantes y luminosos como si acabara de hacerlos. A pesar de todo, lo mantuvo en la mano, con el brazo elevado sobre su cabeza para alejarlo del agua.

–¿Y bien? –preguntó, tratando de evitar el ridículo vaivén de su cuerpo bajo el agua–. ¿Quién va a morir hoy?

La Muerte lanzó dos volutas de humo que se deslizaron en el aire hasta Tanatia y se detuvieron frente a ella, tomando la forma de un par de ojos.

–ESO DEPENDE DEL DESARROLLO DE LAS POSIBILIDADES.

–¿Y qué posibilidades tengo yo?

Los ojos pestañearon y se agrandaron un poco antes de disolverse en el aire.

–LAS MISMAS QUE CUALQUIER OTRO.

La Muerte había girado la cabeza ligeramente hacia Tanatia. No era frecuente que alguien se dirigiera a ella con tanta naturalidad. Por lo general, las breves conversaciones que mantenía con los humanos se entablaban cuando estos ya habían dejado de serlo, y se resumían en súplicas, llantos o un sinfín de preguntas sobre el Más Allá. Además, ahora estaba el intrigante asunto de que esa chica la podía ver. Algo absolutamente improbable si no estabas muerto, o... Se detuvo un momento, esperanzada. ¿Y si era ella...? Eso podía explicar la magia de sus dibujos y que la tuviera allí delante, charlando con ella como si tal cosa.

–TÚ NO ESTÁS MUERTA –afirmó La Muerte.

–En absoluto –contestó Tanatia apretándose el moño para escurrir el agua.

–Y SIN EMBARGO, ME PUEDES VER.

–Perfectamente.

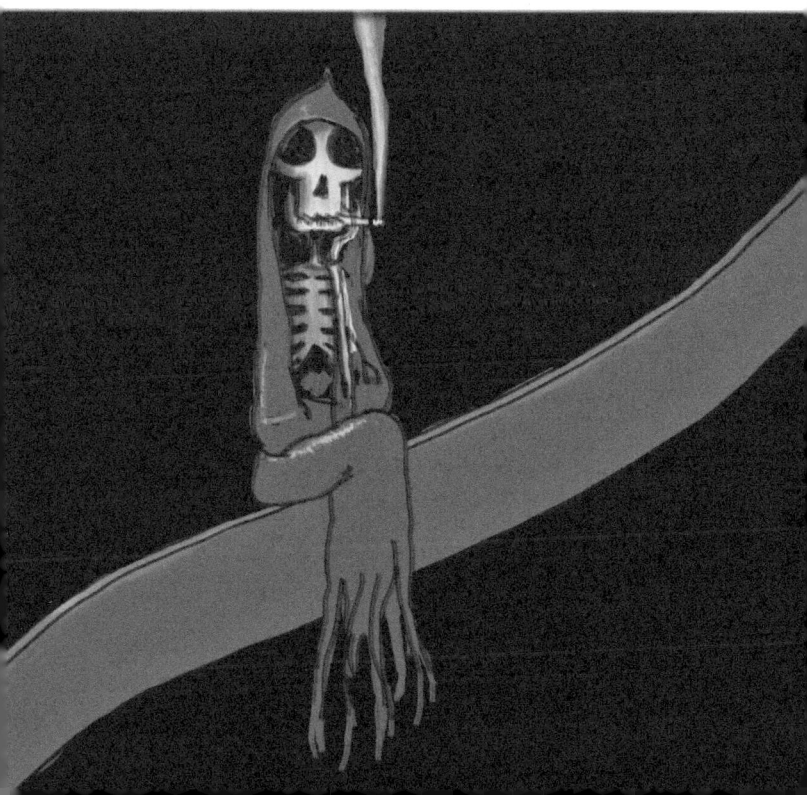

–¿TE HAS PREGUNTADO CÓMO ES ESO POSIBLE?

–La gente solo ve lo que quiere, y es ciega a aquello que teme. Yo nunca te he tenido miedo.

–ESO ES UNA AGRADABLE NOVEDAD PARA MÍ –reconoció–. NO TENGO MUCHAS OPORTUNIDADES DE HABLAR CON LOS VIVOS.

–Pues bien, ahora que sabemos las dos que yo estoy viva, podrías ayudarme a continuar viva –dijo Tanatia, sintiendo cómo el agua le alcanzaba el cuello.

–NO. LO SIENTO, ESO NO SÉ HACERLO –respondió La Muerte, apagando el cigarrillo sobre el tobogán y guardándose la toba para más tarde.

–No sé si te has dado cuenta de que el agua no tardará en sumergirme, aunque no tengo las más mínima intención de morir. No hasta que haya comprado mi ataúd –recordó Tanatia–. Por lo tanto, no me queda otra opción que subir por esta rampa antes de que el agua me alcance.

–SERÁ DIVERTIDO VERLO –dijo La Muerte deslizando uno de sus dedos sobre la superficie resbaladiza del tobogán. Luego volvió a sumergirse en sus oscuros pensamientos.

12

El agua crecía sin piedad hacia la cabeza de Tanatia, y La Muerte no parecía muy dispuesta a echarle una mano. Entonces, a la niñera se le ocurrió algo.

–Tal vez podríamos llegar a un trato... –Tanatia sabía mucho sobre La Muerte y recordaba aquellas imágenes y grabados antiguos en los que la muerte volaba a lomos de un caballo blanco blandiendo una guadaña, o aquellas otras en las que su capa flotaba en el aire como las alas negras de un buitre.

Un destello intermitente brilló en las cuencas vacías de la calavera.

–Me ayudaría mucho si me prestaras tu capa –explicó Tanatia.

Un nuevo resplandor brilló en el interior de la capucha. Un resplandor parecido al chispazo de un cortocircuito.

Tanatia tragó saliva.

–¿LA CAPA? ¿MI CAPA? ¿TE REFIERES A ESTA CAPA? –preguntó La Muerte con incredulidad.

–Sí.

–ME TEMO QUE ESO NO ES POSIBLE. LA NECESITO PARA VOLAR.

¡Bingo!, pensó Tanatia.

–Precisamente por eso. Yo tengo que subir hasta allí arriba y no sé cómo hacerlo sin romperme la crisma. No me gustan las alturas y me mareo en los aviones. Pero hay un niño que se llama Marcos al que tengo que bajar de este tobogán, porque si no lo hago, su madre se enfadará muchísimo conmigo y yo perderé mi trabajo; además, aunque es bastante pesado, le he tomado algo de cariño. Pero si pierdo mi trabajo, no podré reunir el dinero suficiente para comprarme el ataúd modelo Nuevo Amanecer, que vende el señor Matías por un precio realmente escandaloso. Así que, si pudieras dejarme la capa para ir a por él, yo prometo hacer algo por ti a cambio –propuso Tanatia, sin tener ni la más remota idea de qué era lo que ella podía ofrecerle a La Muerte.

A Tanatia le pareció que La Muerte sonreía –aunque la verdad es que de eso nadie podía estar seguro, pues La Muerte siempre parecía sonreír.

–CREO QUE NO HAY NADA QUE PUEDAS OFRECERME. YO SOLO ME ENCARGO DE LLEVAR LAS ALMAS DE UN LUGAR A OTRO, Y MI TRABAJO REQUIERE DE GRAN PACIENCIA. ACASO PIENSAS QUE ES FÁCIL CONVENCER A ALGUIEN DE QUE ESTÁ MUERTO, PERO IGNORAS QUE LA GENTE PUEDE SER MUY TOZUDA.

–Bueno, los que vivimos sentimos un lógico apego a esto de estar vivos.

–SÍ. LO HE OBSERVADO.

—Aunque yo, personalmente, estoy segura de que en la vida hay cosas peores que encontrarse contigo —balbuceó Tanatia escupiendo agua.

—¿AH, SÍ?

«¡Tanaaaatia!», escuchó la niñera a lo lejos.

—Oh, sí, ¡ya lo creo! —respondió—. Los niños. Acaban contigo poco a poco: te piden que duermas con ellos cuando tienen miedo, te despiertan para que les des un vaso de agua, reclaman que juegues con ellos, que les cuentes cuentos, que les lleves al parque, que les prepares la cena, la comida, el desayuno, la merienda...

—AHH, LA MERIENDA... —susurró La Muerte con nostalgia.

Tanatia aguantó el aire al tiempo que el agua le alcanzaba la nariz. Se aupó un poco más sobre las puntas de sus pies y resbaló. Antes de hundirse, soltó el diario y dio manotazos tratando de agarrarse a algo sin éxito. El diario flotó unos segundos con las páginas abiertas, el tiempo necesario para que La Muerte se fijara en los dibujos. Tanatia se sumergió lentamente y cerró los ojos, resignada.

13

Morirse era diferente a lo que había imaginado, pensó Tanatia mientras se hundía más y más. No es que tuviera miedo, pero le fastidiaba no haberlo sabido con tiempo. Tal vez hubiera dejado algunas cosas resueltas... Como el rescate de Marcos y el tema del ataúd.

Todo se iba haciendo más oscuro hasta que estalló un resplandor. Tanatia abrió mucho los ojos al tiempo que dejaba escapar las últimas burbujas de aire. Le dolía tanto el pecho que abrió la boca. El agua fluyó por sus pulmones... y entonces, La Muerte hizo algo inesperado: hundió un brazo en el agua y le habló.

–APÓYATE AQUÍ.

La voz le llegó ronca y densa como si pasara a través de un tubo.

Tanatia apoyó los pies y, de pronto, se vio a medio metro por encima del agua, chorreando como una fuente, en equilibrio sobre un manojo de huesos peligrosamente resbaladizos.

–SABÍA QUE TU CARA ME SONABA DE ALGO. TÚ ERES ESA CHICA, LA DE LOS DIBUJOS... LA QUE ACUDE A LOS FUNERALES A LLORAR.

Tanatia se sentía rara. Tosió un poco y afirmó con la cabeza.

–LA GENTE DEBERÍA LLORAR MENOS Y REÍR MÁS. ESTAR MUERTO ES BASTANTE ABURRIDO –dijo La Muerte, mostrando de nuevo la permanente sonrisa con la que adornaba su cara–. HACE SIGLOS QUE NO ME COMO UN PERRITO CALIENTE. RECUERDO QUE ERA DIVERTIDO.

La Muerte sostenía los dibujos de Tanatia sobre su regazo y observaba con interés uno de ellos, que agarraba con la mano que le quedaba libre. Era una copia de la Plaza Mayor durante la feria de primavera; Tanatia lo había hecho para Marcos una tarde en la que regresó a casa con una enorme rabieta porque ella no le había comprado un perrito caliente.

En el dibujo había norias, autos de choque, carruseles y casetas de tiro al blanco, y en primer término, un puesto de HOT DOGS coronados de salsa de tomate y mostaza, que despachaba un hombre bajito y gordinflón de amplia sonrisa.

El dibujo continuaba perfectamente seco por algún misterioso prodigio que Tanatia había decidido que era mejor no preguntarse. Por hoy ya había tenido una buena dosis de magia.

–ESTE ES UN DIBUJO MUY BONITO. EN REALIDAD, HACÍA TIEMPO QUE ESPERABA TUS DIBUJOS.

La Muerte soltó el dibujo, que vibró y flotó en el aire frente a ella. Abrió su mano huesuda y la hundió en el papel. Tanatia vio que los dedos, en lugar de atravesar la hoja como tendría que haber sucedido normalmente, desaparecían dentro de esta. Cuando La Muerte los volvió a sacar, un perrito humeante y aromático dejó un reguero de salsa de tomate sobre sus rodillas huesudas.

–INTERESANTE –dijo La Muerte abriendo la boca.

El perrito desapareció en algún lugar oscuro de su estómago.

–LA VIDA... –suspiró La Muerte contemplando el papel con admiración.

–¿Me ayudarás? –preguntó Tanatia aún jadeante.

De un solo y majestuoso gesto La Muerte se quitó la capa, que cruzó el aire abriéndose como un abanico. Tanatia pudo ver sus huesos amarillentos como bolas de billar y las estrellas brillando entre ellos.

–TE ESPERARÉ AQUÍ SENTADA. TE ACONSEJO QUE TE DES PRISA, PORQUE EN TU MUNDO EL TIEMPO ES ORO.

Luego apartó la mano que sostenía a Tanatia.

–¡Eh! ¡No hagas eso! –exclamó la chica al sentir el vacío bajo sus pies. Un segundo más tarde, se dio cuenta de que el aire tenía cierta solidez, no muy estable, que le permitía no caer en el agua.

Se tambaleó al intentar dar un paso, se aferró a la capa con las manos y abrió los brazos para recuperar el equilibrio. La capa se cerró sobre ella como lo harían los pétalos de una flor y vibró con fuerza. Luego se elevó como un cohete y se inclinó hacia delante.

–¿Cómo funciona esto? –preguntó Tanatia, aprisionada por la tela.

–COMO TODAS LAS COSAS: POR SU PROPIA NATURALEZA.

Tanatia supo que no iba a obtener más respuesta que esa.

–TOMA –añadió La Muerte devolviéndole su diario–. ME QUEDARÉ CON ESTE DIBUJO. PUEDE QUE NECESITES LOS DEMÁS.

La Muerte atravesó la capa fácilmente con la mano y metió el diario en uno de los cientos de bolsillos que había en su interior. Tanatia intentó pensar en lo que acababa de escuchar, pero nada de lo que le estaba sucediendo tenía ningún sentido.

La capa empezó a rugir como si estuviera calentando motores. La Muerte fijó los ojos en el dibujo de la feria y volvió a hundir los dedos en él.

De acuerdo, no tengo miedo, se dijo Tanatia.

Y era cierto, pues Tanatia era una muchacha muy valiente.

14

El viento frío de la noche atravesaba la tela y hacía tiritar a Tanatia mientras se deslizaba veloz por el cielo estrellado. Tanatia intentó arroparse más con la capa y chocó contra algo duro y liso. Un ligero escalofrío de sorpresa le recorrió el cuerpo cuando escuchó el tintineo de sus propios huesos. Su carne y su piel habían desaparecido.

Oh, así que esto es estar muerta, pensó asombrada.

También le sorprendió descubrir que, en realidad, a pesar de que debería sentirse aterrorizada, no tenía miedo. La sensación era bastante ligera, aunque a veces no tanto, porque las piernas ya no estaban sujetas por los nervios, los músculos y los cartílagos, y esa falta de sostén hacía entrechocar los huesos produciendo un sonido similar al de un xilófono.

Durante un rato rodó por el cielo tintineando como una bolsa llena de monedas, hasta que consiguió enderezarse de nuevo. Le costó bastante esfuerzo recolocarlo todo. Luego se dijo que, de momento, solo podía dejarse llevar y confiar en que la capa la conduciría a lo alto del tobogán.

Muy pronto advirtió que la oscuridad ya no le resultaba tan oscura. En realidad, era asombrosa la claridad con la que veía. El negro de la noche tenía matices: unos azulados, otros violetas, algunos rojizos... Era algo en lo que Tanatia nunca se había fijado. Estaba segura de que las cuencas de sus ojos debían de estar tan vacías como las que había visto en la cabeza de La Muerte; y sin embargo, su visión se multiplicaba rápidamente, como si en lugar de un par de ojos tuviera un millar de ellos repartidos por todo el mundo. Algo parecido le estaba sucediendo en los oídos. De pronto, escuchaba multitud de voces hablando al mismo tiempo.

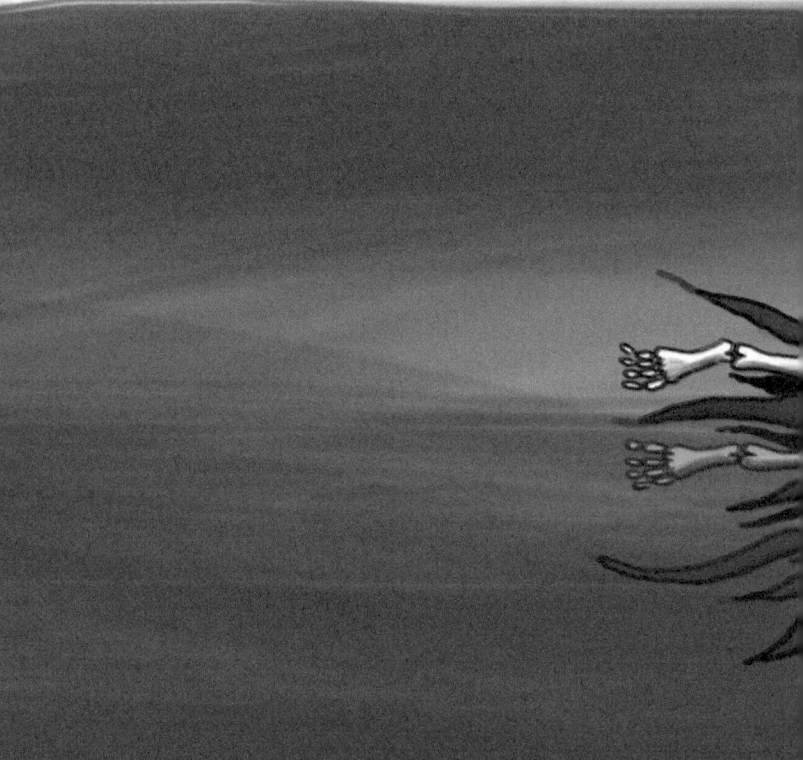

¡Qué maravilla!, pensó. *Puedo oírlo todo y verlo todo. Debo de ser una especie de diosa.*

–¿DIOSA? LOS DIOSES DISPONEN, EL HOMBRE PROPONE –dijo una voz cercana a ella.

–¡Pues propongo que vayamos a por Marcos!

–TENGO QUE AVISARTE DE QUE PRIMERO TENDRÁS QUE OCUPARTE DE ELLOS.

–¿De quiénes? –preguntó Tanatia sin comprender.

–LOS QUE SE DISPONEN A MORIR.

Una luz brillante orbitó alrededor de Tanatia. La capa se abrió para recibirla. Luego, la tela se plegó de nuevo sobre sí misma.

La capa viró súbitamente, alejándose cada vez más del tobogán.

–¡Eh! ¿Adónde me llevas ahora? –exclamó Tanatia tratando de tomar las riendas.

La capa se precipitó hacia abajo a toda velocidad. Tanatia no sabía qué distancia había recorrido, pero estaba segura de que había llegado mucho más lejos de lo que pensaba. Se detuvo en unas nubes bajo las cuales se desarrollaba una terrible batalla.

–HOY MORIRÁ MUCHA GENTE AQUÍ. NECESITO QUE HAGAS MI TRABAJO –le ordenó La Muerte.

Tanatia miró hacia la ciudad, horrorizada.

–¿No te da vergüenza? ¿Cómo puedes hacer tanto daño?

–YO NO HAGO DAÑO A NADIE. YO SOLO RECOJO EL DAÑO QUE ELLOS SE HACEN. PARA MORIR NO NECESITAN MI AYUDA.

–¡Tienes que parar esto! –exigió Tanatia.

–NO SOY NADIE PARA INTERVENIR EN EL DESTINO DE LOS HUMANOS. PREPÁRATE, AHÍ VIENEN.

La capa se abrió para recibir un centenar de luces purpúreas que subían desde la ciudad hacia ella, y las recogió en su interior. Luego volvió a cerrarse y comenzó a ascender hacia el firmamento. Un centenar de llamitas danzaban a su alrededor. Dentro de aquellas luces, las voces hablaban y preguntaban. Tanatia advirtió petrificada que usaban diferentes lenguas, y que ella las entendía todas.

¿Adónde vamos?

¿Estoy muerto?

¿Quién eres?
¿Existe el cielo?
Aún no estoy preparado para esto.

–¿Qué está pasando? –preguntó Tanatia, aturdida por el barullo de preguntas.

–TENEMOS QUE ACOMPAÑAR A LAS ALMAS.

–¿Y adónde las llevamos?

–DE VUELTA A LA LUZ.

Tanatia miró hacia el cielo oscuro. La tierra quedaba cada vez más lejos. La capa se abrió de golpe y las luces se esparcieron como el estallido de un centenar de fuegos artificiales.

Las cuencas vacías de los ojos de Tanatia se iluminaron con el color de esas luces.

–¿Eso somos? ¿Estrellas? –susurró, maravillada por la sorprendente certeza de que estaba presenciando uno de esos momentos que jamás volverían a repetirse en su vida y que uno no debe perderse.

–SUPONGO QUE ES ALGO ASÍ.

–Entonces, ¿este es el final de todo? ¿Brillamos allí arriba y ya está?

–¿EL FINAL? NO HAY FINAL.

–Sigo sin entenderlo –protestó Tanatia, malhumorada.

–ESO ES PORQUE ESTÁS APRENDIENDO. CUANDO LLEGUE TU MOMENTO, SABRÁS LO QUE SUCEDE.

Tanatia se ajustó la capucha sobre su cabeza, lisa y redonda como un huevo de avestruz, y esperó un poco, pero La Muerte no volvió a decir ni pío. Entonces probó a tirar de uno de los extremos de la capa para dirigirla de nuevo hacia la ciudad y, en concreto, hacia lo alto del tobogán donde suponía que estaba Marcos. Para su sorpresa, esta vez la capa la obedeció. Tanatia no tenía ni idea de cuánta distancia había recorrido, porque estaba segura de que La Muerte manejaba el tiempo y el espacio como quería. No había otra manera de explicar eso de poder estar en muchos sitios al mismo tiempo.

Mientras tanto, La Muerte hundía de nuevo sus dedos huesudos en el dibujo de Tanatia para extraer otro humeante perrito caliente que engulló sin masticar.

–AHHH, LA VIDA –susurró, y por un momento absolutamente sorprendente para ella, se lamentó de no tener lengua para relamerse.

15

Estaba anocheciendo cuando una voz despertó a Marcos.

—¿Aún sigues ahí? —exclamó la voz detrás de la puerta.

Marcos se incorporó de un salto.

Le costaba explicar todo este asunto del tobogán y los escalones desaparecidos. Ni siquiera lograba recordar en qué momento había comenzado a dejar de ser divertido para convertirse en algo fastidioso que parecía haber sucedido hacía mucho tiempo.

—Es que me he perdido.

—Yo diría que, en realidad, lo que has hecho ha sido desobedecer a tus padres y subir por cierto tobogán prohibido —corrigió la voz.

—Oh, no. Mis padres no saben que estoy aquí... —explicó Marcos—, pero Tanatia debe de estar buscándome —recordó.

De pronto, Tanatia era tan solo una figura oscura y delgada que apenas lograba recordar.

—Pues el capitán ya se ha marchado, así que puedes seguir subiendo —exclamó la voz, y de un golpe cerró la mirilla.

Durante un largo rato, Marcos estuvo sentado sin saber qué hacer, hasta que recordó que había olvidado anotar algunos números y letras de los escalones cuando el capitán intentaba atraparle.

Bajó con precaución y los copió cuidadosamente, a pesar de que, de pronto, conocía algunos a la perfección. Su lectura también había mejorado de manera sorprendente: lo que antes parecía difícil, ahora le resultaba cosa de niños.

Marcos se detuvo en este pensamiento.

Él era un niño. Hacía seis meses que había cumplido cinco años y, sin embargo, tenía la sensación de que en algún momento de su vida, entre el parque y el tobogán, había habido más cumpleaños. Eran momentos que apenas recordaba, en los que no había habido tartas, celebración ni regalos; y a pesar de todo, estaba seguro de que ya no tenía cinco años, sino algunos más.

Estaba dando vueltas a todos estos asuntos cuando el escalón sobre el que se apoyaba desapareció bajo sus pies. Apenas tuvo tiempo de agarrarse con una mano al siguiente, mientras con la otra sostenía su preciado papel y gritaba pidiendo ayuda.

–¡Socorrooooooo!

La niebla le alcanzó y el escalón al que se aferraba también se deshizo como una galleta en un vaso de leche.

Marcos empezaba a caer cuando algo le agarró por la presilla del pantalón y tiró de él con fuerza. Fuese lo que fuese lo que le sujetaba, le llevaba volando por los aires. Cuando salió de la niebla, vio el cielo estrellado y la noche iluminada. También vio el tobogán, enorme como un dinosaurio; y por un momento, a pesar del miedo y de todas las dificultades que estaba viviendo, le pareció que estar allí era algo maravilloso y único.

¡Cataplof!

Estaba de nuevo sobre el escalón, solo que ahora la puerta estaba abierta y un pequeño anciano, no mucho más alto que él, le daba unas bolitas de colores a un enorme pájaro de color blanco, que ladeaba la cabeza y le miraba con curiosidad.

–Muy bien, Buddy –dijo el anciano palmeando suavemente el lomo del animal–. Chico, eres realmente escandaloso. No deberían dejarte suelto por ahí –pestañeó y arrugó los ojos varias veces como si se le hubiera metido un poco de polvo.

Marcos reconoció el pájaro que le había rescatado.

–¡Es una cigüeña!

El viejo asintió sin dejar de acariciar al animal. Marcos miró hambriento las bolitas de colores en la mano del anciano. No sabía exactamente cuánto tiempo llevaba sin comer, pero a él le parecía que el tiempo había cambiado su ritmo y que de alguna manera se aceleraba a medida que subía los escalones. Además, algunas ideas nuevas aparecían en su cabeza, cosas que nunca había entendido y que ahora tenían significado para él. También estaba lo de los pantalones y el jersey y los zapatos, que evidentemente se le habían quedado pequeños, y esa sensación de que sus pies parecían más lejos de su cabeza de lo que solían estar.

Entonces se fijó en el viejo.

Vestía como un niño. En realidad, parecía un niño al que la vejez hubiera alcanzado sin esperar a que creciera. Llevaba unos pantalones cortos como los suyos, unos zapatitos de cordones y un delantal en el que había bordada una inscripción. Además, tenía esa sucesión de tics que le hacían arrugar los ojos, parpadear y guiñarlos, y una mancha de color fresa en una de sus mejillas. Una mancha con forma de corazón.

–Guau...

El anciano se llevó la mano a la cara y se sonrojó.

–¿Te parece bonito señalar los defectos de los demás? ¿Acaso no te han educado bien tus padres?

No, no era de muy buena educación señalar los defectos. Aunque ese corazón rojo era tan bonito que a Marcos no le parecía un defecto.

–Lo siento –se avergonzó–. Es que usted es muy... raro.

El viejo frunció el ceño por unos segundos y luego retrocedió por la puertecita, sin cerrarla tras él.

–Soy un bocazas –se lamentó Marcos pegando una suave patada en el suelo.

Buddy inclinó la cabeza hacia un lado y movió el pico en la dirección por la que había desaparecido el anciano.

Marcos dio unos tímidos pasos hasta la puerta y la golpeó con los nudillos.

–¿Hola? ¿Puedo pasar?

Esperó unos segundos en los que no se oyó nada.

Entonces, la cigüeña le dio un empujoncito y Marcos entró.

16

La habitación era muy pequeña, y una lamparita arrojaba un círculo de luz anaranjada en la penumbra de un rincón. El suelo era de una madera tan antigua como la de los escalones del tobogán, y algunos brotes de hierba y otras pequeñísimas plantas se habían abierto paso afanosamente entre las rendijas. En una esquina había una camita hecha con ramas y hojas, cubiertas por un colchón de algodones y plumas apenas contenidas por una sábana. Marcos pensó que se parecía mas a un enorme nido que a las camas que la gente normal y corriente usa para dormir. Pero claro, nada de lo que estaba pasando desde hacía tiempo era normal y corriente, así que se dijo que era mejor mantener la boca cerrada. El anciano murmuraba algo, sentado en una mecedora que crujía a cada balanceo.

Marcos permaneció muy quieto junto a la puerta y bajó la cabeza, avergonzado.

–Señor... No quería molestarle, lo juro... –dijo, levantando una mano para dar mayor veracidad a sus palabras.

El anciano se levantó de la mecedora sin decir una palabra y se dirigió hacia otro rinconcito que hacía las veces de cocina. Marcos le siguió con la mirada y luego se atrevió a dar dos pasos tímidos hacia el interior de la habitación. Se detuvo con prudencia y echó un vistazo a su alrededor. A pesar de la escasa luz, pudo darse cuenta de que todo estaba lleno de trastos de lo más variopinto. Había una calavera de plástico muy alta, dentro de la que reposaban los órganos que tenemos dentro del cuerpo. Una pizarra en la que había dibujado un mapa con una especie de ruta aérea. Un gigantesco cazamariposas, el más grande que Marcos había visto nunca. También había un sombrero de paja, libros, un arco con flechas, una cuerda gruesa y larga enroscada como una serpiente, una mariposa que revoloteaba por la habitación, un biberón de plástico y algunos juguetes viejos. Pero lo que más atrajo a Marcos fue un reloj de arena. Él nunca había visto uno, aunque sabía lo que era, pero este le pareció diferente. La arena caía silenciosa de un embudo al otro; pero si acercabas mucho la oreja, podías escuchar un suave rugido como el de las olas del mar arrastrando la arena mojada de la orilla, y de fondo el tictac de un reloj.

Marcos extendió una mano para tocarlo.

–¡Ni se te ocurra! –bramó su anfitrión. Luego se sucedieron un sinfín de guiños, pestañeos y arrugamientos oculares.

Marcos escondió rápidamente la mano tras la espalda.

—Perdón.

El anciano encendió uno de los quemadores, y en unos minutos un delicioso olor inundó lentamente la habitación.

—Venga, chico. Te daré algo de cenar.

Un olor familiar se coló en la nariz de Marcos.

—Macarrones con tomate —susurró Marcos—. Es mi comida preferida.

—Es la comida preferida de todos los niños —gruñó el viejo sirviendo una generosa ración en cada plato.

Marcos se sentó a la mesa y estuvo a punto de comenzar a devorar sin esperar a su anfitrión, pero una nueva sensación que se presentó como «cortesía» le avisó de que eso no estaba bien. Así que volvió a dejar el tenedor sobre el mantel y esperó a que el anciano se sentara.

—Bueno, muchacho. Ahí tienes algo de comida. ¿A qué estás esperando?

—A que usted comience —contestó Marcos con timidez.

Las pupilas del anciano se dilataron de sorpresa. Luego parpadeó un par de veces.

—No viene mal un poco de educación. No, señor. Me has impresionado, chico, y dos caballeros que van a compartir mesa y mantel deberían presentarse.

—Sí, señor. Yo me llamo Marcos.

—Ah... Sí, recuerdo que lo dijiste cuando llegaste a mi escalón. Bien, Marcos: yo soy el abuelo Junior. Ahora ya podemos empezar a cenar —anunció el abuelo Junior colocándose una servilleta en la pechera.

Marcos hizo lo mismo.

—¿Sabe? Antes no quise ofenderle.

El abuelo Junior agitó una mano en el aire para quitarle importancia.

—Es que todo es muy raro, y además hace un rato me preguntaba... —continuó Marcos mirando a su alrededor—. ¿Por qué vive en un escalón?

—Por la misma razón por la que tú estás aquí. No hay manera de volver a bajar del tobogán.

Marcos engulló un buen montón de macarrones mientras meditaba sobre lo que acababa de escuchar.

—Pero puede seguir subiendo —sugirió.

—No me parece que esa sea una buena idea —replicó el abuelo Junior rebañando su plato con una miga de pan.

–Yo creo que sí. Aquí debe de sentirse muy solo.

–La soledad no es tan mala. Además, tengo a Buddy.

–Pero Buddy es una cigüeña, y con los pájaros no se puede hablar.

–La gente suele decir muchas tonterías cuando abre la boca, y Buddy es un pájaro muy inteligente.

Marcos masticaba unos cuantos macarrones cuando una idea surgió en su cabeza de repente. Una idea que le inquietó bastante.

–¿Y los escalones? –preguntó, porque era evidente que iban desapareciendo a medida que él subía por ellos–. ¿No le preocupa que desaparezcan?

El viejo dejó el tenedor sobre el plato y se rascó la coronilla. Luego torció el gesto como si se acabara de dar cuenta de algo muy fastidioso.

–Oh, sí. Los escalones. Es cierto. No había pensando en eso... –meditó frunciendo mucho el ceño, de tal manera que sus espesas cejas casi se juntaron en una sola línea que atravesó su frente–. Hacía tantos años que nadie subía por el tobogán... Desde que el capitán Speedy reunió a un considerable número de niños desobedientes que, como tú, se arriesgaron a subirse al tobogán. Vaya, esto cambia las cosas.

–¿Qué cosas? –preguntó Marcos.

–Todo. Tu llegada lo cambia todo –respondió el anciano pinchando un macarrón y agitándolo. Luego se levantó de su silla y se dirigió al reloj de arena, con el tenedor en alto. Durante unos segundos, lo observó con suma atención.

–Maldita sea... –murmuró–. Chico, acabas de poner en peligro mi equilibrio.

Marcos se tragó cuatro macarrones de golpe, sintiéndose muy culpable por algo que no entendía.

–A no ser... –continuó el abuelo Junior volviendo a sentarse frente a la mesa– que dejes de subir. Sí. Me temo que tendrás que quedarte conmigo, lo cual es un fastidio, porque esta casa es muy pequeña y además haces demasiadas preguntas.

Marcos consideró esa opción como lo más horripilante que había escuchado en su vida. No es que el abuelo Junior le desagradara del todo: en cierto modo, le recordaba a Tanatia. Pero él no quería vivir encima de un escalón. Estaba deseando regresar a su casa, por muy bonito que fuera Buddy y por muy buenos que estuvieran los macarrones que acababa de comerse.

–No –contestó.

–No tienes otra opción. ¿Entiendes, muchacho? Si sigues subiendo, la niebla te seguirá y acabará con mi casa y con mi vida.

–¿Y por qué no ha subido hasta aquí antes?

–Porque yo decidí pararme en este escalón.

–Pues entonces, suba conmigo –propuso Marcos, convencido de que era una idea excelente.

–Eso es imposible. Tengo un trabajo muy importante que hacer aquí –replicó el abuelo Junior, comenzando a recoger la mesa.

–¿Un trabajo? –repitió Marcos incrédulo, mirando a su alrededor.

–Sí, un trabajo. ¿Es que nunca has oído que la gente trabaja? –exclamó el abuelo Junior, exasperado.

–¿Pero qué trabajo se puede hacer en un escalón? –preguntó Marcos con tozudez.

El abuelo Junior consultó el reloj de pared, engulló los últimos macarrones de su plato y, después de doblar la servilleta cuidadosamente, caminó hacia el rincón donde estaba el gigantesco cazamariposas.

–Dentro de unos minutos lo verás –murmuró arrastrando el cazamariposas hacia la puerta.

17

El capitán Speedy deambulaba por su camarote, con los brazos a la espalda y los dedos de las manos tan apretados que los nudillos se le habían vuelto blancos.

–Ese maldito viejo… –susurraba.

Una idea vagaba por su mente desde hacía rato buscando un lugar donde echar anclas.

A su lado, Edu Mohoso le seguía arriba y abajo por la habitación.

–Sí, señor. Maldito viejo… –repitió.

Edu Mohoso era un niño de unos ocho años que había sido nombrado recientemente segundo de a bordo del *Cortavientos*. Sus méritos consistían en haber ganado a las canicas al capitán. Pese a su mal perder, el capitán Speedy tenía un alto sentido de la justicia que hacía que su tripulación le respetara.

El capitán Speedy se dirigió a un pequeño escritorio y abrió un cajón del que sacó una llave.

A Edu Mohoso se le iluminaron los ojos.

El capitán Speedy dio cuatro largas zancadas hacia un baúl arrinconado en la penumbra del camarote y lo abrió.

Edu Mohoso parpadeó asombrado.

La habitación resplandeció con una docena de vívidos rayos de luz, que crepitaron y permitieron a las motas de polvo bailar desordenadamente. Pero, en cuestión de segundos, el resplandor perdió fuerza y la habitación volvió a su oscuridad.

El capitán Speedy blasfemó. Edu Mohoso se tapó los oídos. Luego, el capitán dejó caer la tapa con fuerza y cerró el baúl con dos enérgicos giros de la llave.

–Se impone una cacería.

–Sí, señor. Prepararé los cañones de agua.

–Cada vez que un niño se pierde, se inunda el parque, ¿cierto?

–Correcto, señor.

–Tenemos agua de sobra.

–Mucha.

–Perfecto –sentenció el capitán mirando por la ventana de su camarote.

–¿Da su permiso para que me retire?

–Permiso concedido.

Edu Mohoso salió del camarote y el capitán Speedy suspiró. Ahora que estaba a solas, podía abandonarse a su desdicha. Se sentó sobre la butaca de terciopelo rojo e intentó pensar.

–Es todo tan deprimente... –concluyó.

El capitán Speedy tenía un alma torturada por montones de cuestiones. Pasaba los días preguntándose infinidad de cosas. Cosas como, por ejemplo, para qué servían los dedos de los pies. Había pasado muchas noches en vela pensando en este intrigante asunto y sin encontrar ninguna respuesta. Él era de ese tipo de personas empeñadas en encontrar una lógica al misterio del universo. Una de esas personas que ponen en peligro la felicidad de los cerebros simples, que se conforman con cortarse las uñas de los dedos de los pies o ir al callista una vez al año. Se esforzaba en hacer callar a su cerebro, pero por más golpes que se daba, su cabeza encontraba nuevas e interesantes cuestiones para resolver. Además, estaba lo del tesoro. Llevaba años buscando un gran tesoro. Todos los piratas debían tener uno, pero él no lo lograba. Su tesoro se apagaba día tras día. Su tesoro dejaba de brillar cuando él lo capturaba, y ese viejo se empeñaba en fastidiar sus cacerías.

Y, para colmo, estaba la cuestión de aquella niña.

El capitán se dio dos golpes en la cabeza con la mano. ¿En qué demonios estaba pensando?

Dedos.

Pies.

Las niñas solo podían traer desgracias.

Una mujer a bordo era como una epidemia: algo malsano e incluso fatal.

Eso decían los piratas.

Aunque también decían que las mujeres eran grandes cocineras, y tenía que admitir que su tripulación parecía un conjunto de cuerpos en su mayoría compuestos por codos y rodillas. Tal vez podía sacar algún beneficio, después de todo.

El capitán salió de su camarote y subió a cubierta.

Los marineros desenroscaban la larga manguera que se unía al cañón. El capitán se asomó por la borda.

Las nubes le impedían ver el parque. Consultó su brújula e hizo unos cálculos con los dedos de la mano.

Edu Mohoso apareció a su lado como un champiñón que acabara de brotar súbitamente del suelo. El capitán dio un respingo.

–Capitán, todo listo para la cacería.

El capitán alzó una mano hacia la larga hilera de niños que sujetaban la manguera. Segundos después, la bajó con solemnidad y los marineros deslizaron la vieja serpiente de plástico por la borda. Edu Mohoso y el capitán se asomaron siguiendo su caída. Ondulante y pesada, inclinó la borda ligeramente hacia un lado, con un crujido que estremeció a las nubes.

–Necesitamos más globos –murmuró el capitán. El barco perdía altura con el peso de la manguera.

–Sí, señor –corroboró Edu Mohoso. El frío de la noche comenzaba a aferrarse a las maderas del barco.

–Un poco de ejercicio no nos vendrá mal –propuso el capitán dándole unas palmaditas a la esquelética espalda de Edu Mohoso.

Edu Mohoso repartió los globos entre la tripulación. Un sinfín de pitidos diferentes llenaron el silencio de la noche. Los marineros se afanaban en inflar los globos con rapidez.

El capitán miró hacia el palo mayor, donde Casilda, amarrada, lo observaba todo con la misma mirada opaca con la que un dinosaurio hubiera observado a un grupo de minúsculas hormigas antes de aplastarlas.

–¡Tú! –rugió el capitán plantándose delante de ella–. Necesitamos tus globos.

–No.

–No tienes otra opción.

–Sí –contestó Casilda pegándole un patada en la tibia.

–Eres una niña horrible –murmuró el capitán agarrándola del otro brazo con una sacudida.

–Usted sí que es feo –contestó Casilda con fiereza–. Sus orejas parecen dos setas podridas que crecen en un árbol muerto, su nariz es tan grande como una salchicha escalfada que acabara de reventar, y sus ojos...

–¿Sabes cocinar? –interrumpió el capitán.

–Sé hacer muchas cosas –presumió Casilda, sin atisbar ni por asomo las intenciones del capitán.

–Cocinarás para nosotros.

–Para eso necesito las dos manos, y no pienso soltar los globos.

El capitán podría haberla amenazado con cortarle la mano, pero eso no solucionaba el asunto. De nuevo, la cuestión de los dedos de los pies asomó la nariz para informarle de que hubiera sido una ventaja que fueran tan útiles como los de las manos.

–¡Edu Mohoso! –bramó–. ¡Suelte a la prisionera! Cocinará para nosotros.

–¡Señor, si suelto a la prisionera, escapará volando! –le recordó Edu Mohoso al capitán señalando los globos.

–¡Pues que traigan los zapatos de plomo!

–¡Señor, no tenemos zapatos de plomo!

–¿Por qué? –preguntó el capitán sintiendo que la angustia atenazaba su pecho.

—¡No lo sé, señor!
—¡Pues dígale al herrero que haga unos!
—¡Señor, no tenemos ningún herrero!
—Además, los zapatos los hacen los zapateros —remató Casilda.

El mundo era un lugar demasiado complicado para el capitán Speedy.

18

Marcos había salido de la casa con el abuelo Junior y escrutaba el cielo nocturno, aunque no tenía ni la más remota idea de lo que andaban buscando.

El abuelo Junior se arrodilló, metió la mano bajo el escalón y tiró hasta sacar un disco de metal. El disco estaba atornillado a la madera por medio de un intrincado mecanismo que permitía ocultarlo y hacerlo girar hacia la izquierda y la derecha. Atornillada sobre el disco había una pieza alargada de hierro oxidado. El abuelo Junior le hizo un gesto a Marcos para que le ayudara a encajar el mango del cazamariposas con cuatro correas de cuero, de manera que la red quedara colgando sobre el abismo inundado de niebla.

Marcos obedeció con diligencia. El abuelo Junior entró de nuevo en la casa y, en menos de un minuto, un enorme tubo de metal negro y largo como la trompa de un elefante asomó por la puerta.

–¿Qué es eso? –preguntó Marcos esquivándolo.

–Un telescopio orbital –exclamó el anciano desde el interior de la casa–. Con esto se pueden ver las estrellas y lo que hay más allá de ellas.

Marcos nunca había visto un aparato así, y tampoco sabía que existiera algo más allá de las estrellas. El telescopio apuntó hacia el cielo y se movió un par de veces rastreando algo. El abuelo Junior musitó algunas palabrotas que Marcos simuló no haber oído.

–Ese maldito pirata… –susurró el abuelo, y un segundo después, el telescopio se contrajo hasta desaparecer por el mismo sitio por el que había salido.

Marcos clavó la vista en el cielo. Habría jurado que un grupo de estrellas acababan de desaparecer, dejando en su lugar un agujero tan negro como las bocas de aquel par de culebras que habían tratado de asustarle.

El abuelo, a su lado, miraba en la misma dirección que Marcos, pero ahora llevaba un silbato en la boca. Infló los carrillos y sopló con fuerza. Marcos no oyó ningún sonido, pero segundos más tarde Buddy apareció volando frente al escalón.

–Ahí viene una –indicó el abuelo Junior haciendo girar el cazamariposas hacia la derecha.

Lo que sucedió a continuación fue algo que Marcos no olvidaría el resto de su vida, porque nunca más volvió a ver algo semejante.

Una estela de luz cortó el cielo a toda velocidad y cayó dentro de la red. El objeto explotó y lanzó destellos chisporroteantes, como los de una gamba en una sartén, antes de apagarse. Marcos se frotó los ojos, cegado por el resplandor. Luego se acercó al cazamariposas con cautela. Dentro, una pequeña bolita parecida a una burbuja de jabón brillaba intermitentemente. Fuese lo que fuese, se esforzaba en resplandecer, y por

momentos se apagaba y se oscurecía. Algo luchaba por no apagarse ahí dentro. Y ser testigo de sus esfuerzos por sobrevivir producía una tristeza que Marcos nunca había sentido.

—¿Hemos cazado una estrella? —musitó asombrado.

El abuelo Junior alzó la pequeña luz, ayudándose de un pañuelo negro con el que la envolvió. Luego se la ofreció a Buddy, que desplegó las alas y se alejó volando hacia el cielo.

—Hemos salvado una estrella —murmuró, sacando unos prismáticos que llevaba colgados del cuello.

Marcos siguió el vuelo de la cigüeña hasta que la perdió de vista, pero un momento más tarde el resplandor de una estrella brilló sobre lo que antes era oscuridad.

—Ahí viene otra —exclamó el abuelo Junior.

Una nueva brecha luminosa rasgó la noche, y el abuelo Junior giró bruscamente el cazamariposas para atraparla. Marcos se maravilló al ver lo difícil que era atrapar aquellas luces. Tenía que reconocer que el anciano lo hacía con pericia, y eso le hizo mirarlo con más respeto.

De nuevo, el abuelo Junior la envolvió en el paño negro y esperó el regreso de Buddy.

Durante cinco largas horas Marcos aprendió el oficio del anciano, e incluso este le dejó atrapar algunas estrellas. Cuando llegaron las primeras luces del alba, el abuelo Junior bostezó, se rascó la coronilla, le dio una docena de chucherías a Buddy y le hizo un gesto a Marcos para que le siguiera.

Marcos durmió sobre unas cuantas plumas y unos escasos algodones cubiertos por un mantel que le preparó el abuelo Junior. Había sido una noche larga y llena de sorpresas, y Marcos no se quitaba de la cabeza aquellas caritas que había visto dentro de las estrellas. Caras que cambiaban de aspecto para convertirse en otras. Como si dentro hubiera muchas personas distintas.

¿Se trataba de un embrujo?

Siempre había imaginado una estrella como algo chisporroteante, similar a las bengalas que encendían por Navidad, pero más grande. Desde la ventana de su dormitorio parecían mágicas y bondadosas. Ahora evaluaba este pensamiento. Tal vez fueran mágicas, sí; pero no de la forma en la que él lo había imaginado, sino de una manera malvada. Tal vez fueran pequeñas cárceles brillantes, pero prisiones a fin de cuentas. Tal vez fueran celdas resplandecientes que atrapaban a... ¿a qué? No tenía ni idea de cómo acabar la frase.

El misterio de las estrellas no le dejó pegar ojo en toda la noche.

19

–¿Lo que hay dentro son personas? –preguntó Marcos a la hora del desayuno.

–No exactamente.

–¿No exactamente?

–Eso he dicho.

–No lo entiendo.

–Pueden ser personas, pero de momento son posibilidades.

–¿Posibilidades?

–¿Tienes que repetir todo lo que digo?

–Es que sigo sin entenderlo.

El abuelo Junior suspiró con paciencia y le dio una nueva vuelta a unas rebanadas de pan que estaba tostando sobre la plancha humeante.

–Para ser persona, primero tienen que nacer. Cada estrella tiene muchas posibilidades de ser alguien. Depende del momento en el que caiga en la tierra, depende de lo que haya sido anteriormente, depende de quién la desee, depende de cómo se desee... Hay muchas variables. Nunca se sabe si nacerán siendo una persona u otra.

–¿Nacerán?

–Tienes que quitarte esa fea costumbre.
–¿Cuál?
–No importa –resopló el abuelo Junior dejando caer la tostada en el plato de Marcos–. Por hoy ya te he contado demasiado. Un aprendiz debe aprender los secretos de un oficio con lentitud. Es una cuestión de meninges. Si aprendes deprisa, pasas por alto los detalles. Y si vas a ser mi ayudante, necesito que entiendas muy bien en qué consiste este trabajo.

–Ya –contestó Marcos sin rechistar.

Lo de aprendiz le había inquietado bastante, pues auguraba un futuro que él no había decidido. Lo cierto es que no tenía la más mínima intención de pasarse el resto de su vida recogiendo estrellas, por muy fascinante que fuera el misterio que encerraban.

–Tendremos que organizar la casa de otra manera –el abuelo Junior paseó la mirada a su alrededor con los ojos entornados–. Nunca pensé en compartirla con alguien, y está claro que habrá que hacer reformas. Tal vez en ese rincón podamos hacer sitio para otra cama...

Marcos bebió un sorbo de leche para empujar un pedazo de tostada hacia dentro. La remota posibilidad de quedarse en ese escalón para siempre le producía un terror que le cerraba todos los orificios del cuerpo.

–¿No te gusta el desayuno, muchacho? –preguntó el abuelo Junior, frunciendo el ceño hasta hacer aparecer de nuevo aquella larga oruga peluda que cruzaba su frente.

Marcos asintió con la cabeza débilmente y esbozó una sonrisa de agradecimiento. Tenía que encontrar una manera de salir de allí, pero estaba lo de los escalones; y, claro, no podía dejar que el abuelo Junior fuera devorado por la niebla. Le caía bien, a pesar de ser tan gruñón, y se sentía en deuda con él por haberle ayudado a escapar del capitán Speedy.

–Escucha, hijo: te contaré un secreto –susurró el abuelo Junior alargando el cuello sobre la mesa.

A Marcos no le apetecía lo más mínimo saber más de todo aquello. Cuanto más sabía, más se le complicaba todo; estaba seguro de que en una noche había sabido demasiadas cosas para sus meninges, y que si sabía una más, aunque fuera pequeña como una brizna de polvo, probablemente le explotarían.

–Cuando te detienes en un escalón, envejeces mas despacio –susurró el abuelo Junior.

–¿Por eso vive aquí? –dijo Marcos, no sin cierta dificultad debido a la cantidad de pan que masticaba.

–Eso es. El tiempo solo avanza si tú avanzas. Cuando te detienes lo despistas, ¿entiendes? Ese es el secreto de este tobogán. Es como un perro de presa pisándote los talones. Se comerá todo aquello que vivas, todo aquello que hagas, todo lo que conquistes. Deshará tu historia personal como un jersey viejo deshilvanándolo a tu espalda. Pero yo conseguí detenerlo.

Marcos tragó la tostada en un heroico acto que por poco le cuesta las amígdalas.

–Pero usted es, si me lo permite... viejo –se atrevió a decir.

El abuelo sonrió con la sonrisa de un tiburón antes de morder a su presa.

–Viejo... –repitió satisfecho–. ¿Cuántos años crees que tengo?

Marcos intentó ser cortés.

–¿Cuarenta?

–Muchacho, no me tomes por tonto.

–Ni idea –corrigió Marcos. Aún estaba en esa edad en la que cualquiera más allá de los treinta podía ser un viejo.

–Este es el segundo año que cumplo setenta y ocho años –contestó el anciano con orgullo–. Y así sucede con cada año que pasa.

Marcos intentó hacer las cuentas y le sorprendió descubrir que sabía hacerlas.

–Entonces..., ¿tiene ciento cincuenta y seis años? –exclamó.

El anciano carraspeó un poco.

–No exactamente. Hay que quitarle los años que tenía cuando me subí al tobogán, más la penalización que me puso ella.

–¿Ella?

–Mi jefa.

–¿Su jefa?

–¿Vas a seguir repitiendo todo lo que yo diga?

–Es que no entiendo nada.

–En realidad, no es fácil de entender –admitió el abuelo Junior.

–Gracias –contestó Marcos.

–Cuando subí al tobogán tenía diez años y cuando llegué a este escalón ya había cumplido catorce, que son más o menos los que tú tienes ahora.

Marcos fue a replicar, pero sintió un escalofrío y decidió que ya pensaría en eso más tarde.

–Entonces –continuó el abuelo Junior– me di cuenta de que, si dejaba de subir escalones, la niebla se detenía, siempre que ningún otro niño subiera de nuevo, claro. Viví unos cuantos días en este escalón hasta que apareció ella.

–¿Ella?

–Mi jefa.

Marcos contuvo las ganas de preguntar.

–Llegamos a un acuerdo y me ofreció este trabajo. Por lo visto, alguien estaba alterando el devenir de la historia y necesitaba ayuda.

–¿El devenir? –preguntó Marcos.

–El tiempo –aclaró el abuelo Junior, tamborileando con impaciencia sobre la mesa–. El capitán Speedy andaba derribando estrellas, y ella necesitaba que alguien las colocara en el cielo de nuevo. Tiene un trabajo muy estresante, ¿sabes? Recoge almas y las devuelve al cielo; viaja mucho y sufre de *jet lag*.

–¿*Jet lag*?

–Fatiga, problemas digestivos, irritabilidad, pérdida de memoria... El capitán Speedy tenía la culpa. Ella no debería sentirse cansada; en realidad, no necesita dormir. Pero lo del *jet lag* le empezó a pasar cuando apareció ese pirata. Por eso hicimos un trato: yo le ayudaba a volver a colocar las estrellas en su sitio y Ella me dejaba quedarme aquí. Conocía el secreto del tobogán, y sabía que envejecería más despacio si me detenía. A cambio de este secreto, le prometí que le echaría una mano. Entonces apareció Buddy y todo tuvo sentido, ¿entiendes?

Marcos se abstuvo de confesar que no entendía ni torta.

–Bien; pues una vez está todo aclarado, comprenderás que no puedo dejarte marchar. Si lo hiciera, no solo me alcanzaría la niebla, sino que Ella me despediría. Aunque eso no tendría mucha importancia, en cualquier caso, porque yo ya no estaría vivo.

–Pero ¿y yo? –gimió Marcos–. ¿Yo me haré viejo aquí?

–Tendremos que negociar con Ella –meditó el viejo.

–No –contestó Marcos, en un acto de valor que le produjo una inmediata acidez de estómago–. No tengo intención de quedarme a vivir aquí. Tengo unos padres y una niñera.

La expresión del abuelo Junior se suavizó al escuchar estas últimas palabras.

–Oh, así que es eso. Mi querido muchacho, para cuando hayas bajado del tobogán, si es que lo consigues, ya no te hará falta una niñera. No sé si te has dado cuenta de que aquí el tiempo transcurre a otra velocidad. Dudo mucho que un anciano al borde de la muerte vuelva a necesitar una niñera que le cuide, y de los padres, mejor ni hablar.

Marcos se miró las manos y las mangas de la camisa, que no le llegaban más allá del codo. Algo así se estaba temiendo, aunque había intentado no pensar en ello.

–No me importa cómo transcurra el tiempo aquí arriba; lo único que quiero es volver a mi casa, y eso nadie puede impedírmelo –afirmó, y fue en ese momento cuando se dio cuenta de que su voz había cambiado de tono en cuestión de una noche.

–En ese caso, tendré que pedirte que saltes desde el escalón.

–¿Y qué me pasará si salto?

–Que desaparecerás, tú y toda tu vida. Como si nunca hubieras existido.

–Es usted un hombre cruel –murmuró Marcos achicando los ojos de rabia.

–¿Tú qué harías en mi lugar? –contestó el anciano devolviéndole la mirada con la misma furia.

–Seguiría subiendo –contestó Marcos.

–Atrévete a dar un paso fuera de este escalón y te las verás conmigo.

Marcos evaluó la amenaza del anciano. No parecía probable que ese manojo de huesos artríticos pudiera con él; sin embargo, no fue eso lo que le detuvo, sino la compasión. Sí, la compasión: un sentimiento nuevo que se coló en sus glándulas, las encargadas de gestionar las emociones.

–No haré nada que pueda lastimarle. Pero encontraré la manera de salir de aquí –contestó.

Y con estas palabras, salió de la casa y se sentó en el escalón a pensar. Estaba dispuesto a resolver ese problema, aunque de momento, y por más que su cabeza se propusiera encontrar una solución, chocaba una y otra vez contra una pared alta y dura como el granito.

Pero el destino tiene maneras curiosas de comportarse. Maneras que nadie ha conseguido organizar, entender o prever, y por eso la gente suele decir injustamente que el destino es caprichoso. No es capricho del destino que sucedan algunas cosas: es ignorancia del ser humano que no sabe entenderlas.

20

Esa noche, el capitán Speedy miraba el arcón con desánimo. A pesar de que había aumentado el botín, su tesoro aún no brillaba todo lo que él hubiera deseado. En cubierta, los marineros continuaban derribando estrellas con la manguera. Las estrellas eran lo más parecido a un tesoro que el capitán podía conseguir. Pequeñas, luminosas y resplandecientes, encerraban en su interior un misterio que al capitán le fascinaba y que no lograba desvelar.

El capitán Speedy se rascó la nariz. Una de las estrellas le iluminó la cara directamente. El capitán guiñó los ojos y se puso la mano a modo de visera. El resplandor aumentó y se tornó azulado. Una voz chillona le habló:

−¡Eh, tú! ¡Pedazo de cenutrio!

El capitán retrocedió un paso. Hasta ese día ninguna de esas pequeñas cosas le había hablado, pero esta vez reconoció la voz perfectamente.

−¿Mamá?

−Siempre dije que eras un zopenco y no me equivoqué; no, señor. Tienes menos inteligencia que una estrella de mar muerta.

El capitán sintió que un rubor ardiente le subía hasta las mejillas.

–Escúchame bien, salmonete, hijo de un erizo marino y una apestosa sardina. ¿Tienes idea de lo que estás haciendo?

El capitán se acercó a la estrella todo lo que pudo y creyó distinguir la cara de su madre, aunque no podría haberlo asegurado con total certeza porque sus rasgos sufrían transformaciones continuas que la convertían en personas diferentes.

–¿Qué clase de maleficio es este? –musitó ladeándose el sombrero para rascarse la coronilla.

–Aún sigues siendo igual de supersticioso –sentenció la voz–, y la lógica nunca tuvo espacio en esa cabezota tuya. El sentido común huyó despavorido cuando naciste, y la sabiduría se escondió en la cabeza de una lagartija antes de meterse en la tuya.

A esas alturas del discurso, el capitán estaba casi seguro de que la que le hablaba era su madre, que había muerto hacía muchos años.

Eso era del todo imposible.

El capitán sacudió la cabeza y dio algunas zancadas enérgicas por su camarote.

–Esto no está pasando –masculló–. La culpa es de esa horrible niña que hemos capturado. La tripulación estaba en lo cierto: ha traído la mala suerte a este barco.

–Escucha con atención, zoquete. Me lo estaba pasando pipa hasta que se te ocurrió la disparatada idea de andar por ahí derribando estrellas. Mi vida con tu padre fue un auténtico suplicio: siempre fregando la cubierta del barco, sacándoles brillo a sus moneditas, lavando las velas y puliendo la hebilla de su cinturón. ¡Ah, qué descanso cuando llegó mi hora! Pero lo mejor fue cuando descubrí que podía volver a nacer siendo otra persona. Nadie me va a arrebatar la posibilidad de vivir las vidas que me quedan, ¿entiendes? Así que ya te las vas ingeniando para volver a colocarme allí arriba.

El capitán deambulaba por su camarote canturreando en voz alta mientras se tapaba los oídos con los dedos de las manos. Un rayo de luz intensa le dio de pleno en la cara, con la fuerza de un puñetazo. El capitán retrocedió varios pasos, tropezó con su butaca y cayó al suelo.

—¡Si me dejas aquí dentro, moriré! —chilló la voz.

—Pero si ya estás muerta —respondió el capitán Speedy con un hilo de voz

—¡Ignorante! ¡Te acabo de explicar todo el misterio de la vida y la muerte, pero sigues siendo un zoquete!

El capitán se guardó de confesarle que no había escuchado ni una palabrita; la prudencia le decía que no era recomendable tentar a la suerte sincerándose. Fuera lo que fuera aquello, era cosa de magia. Y contra la magia solo podían luchar los magos o los incrédulos.

—Acércate y préstame atención —ordenó la voz.

El capitán se levantó del suelo con aire fatalista y se acercó, indeciso.

—No puedes cazar estrellas. ¿Lo has entendido? Tienes que buscar moneditas brillantes, coronas, diademas, anillos, brazaletes y toda esa morralla que tanto le gustaba a tu padre. Lo de las estrellas se acabó. Caput. C'est fini. Au revoire, na de na, ¿capito? Si sigues por ese camino te aseguro que, cuando mueras, te convertirás en una boñiga de vaca en lugar de una estrella. Así que tú decides.

–¿Y por qué debería creerte? No eres más que una luz parlanchina y chillona que imita a la perfección la voz de mi madre.

–Conozco todo sobre ti. Pregúntame lo que quieras. ¿Acaso no reconoces a tu propia madre?

–La verdad es que no te pareces mucho a ella –observó el capitán, mirando la cara de un señor con bigote que inmediatamente se transformó en la de un niño pelirrojo de unos tres años.

–Te diré algunas cosas que solo sé yo. Tienes una verruga en la coronilla que te tapas con el sombrero, te gusta el pan frito, sufres de un pitido constante en el oído izquierdo y además no puedes navegar por el mar porque te mareas.

–¡Shhhh! –chistó el capitán, mirando a todas partes por si Edu Mohoso fuera a brotar del suelo como solía hacerlo.

–Como ves, conozco todos tus secretos. En realidad, ahora conozco las respuestas a todos los misterios.

–¿Todos? –repitió el capitán

–Todos.

El capitán sintió un ramalazo de esa curiosidad obsesiva que se paseaba arriba y abajo por su cerebro cada vez que tenía ocasión, pisoteando todo sentido común y expulsando a la paz interior, tan deseada por todo neurótico obsesivo.

—¿Para qué sirven los dedos de los pies? —preguntó sin poder contenerse.

Un silencio oscuro y subterráneo inundó el camarote. El capitán aguzó el oído, pugnando por escuchar algo a pesar del pitido.

La luz se apagó. Luego se volvió a encender, pegó un par de petardazos y finalmente se volvió a apagar.

El capitán se inclinó sobre el arcón. Todas las estrellas resplandecían excepto una.

Ahora sí que se ha muerto, pensó.

Pero la luz se encendió de nuevo.

—¿Mamá?

—Disculpa. Estaba consultando los *Registros Akáshicos* y ahí no hay nada sobre los dedos de los pies, así que tuve que leerme *El libro de las preguntas tontas* y lo he encontrado.

El capitán carraspeó un poco y se estiró la chaqueta.

Un chillido junto a su oreja interrumpió la conversación.

—¡Capitán, la tripulación se ha amotinado!

Edu Mohoso estaba a su lado, contra toda lógica, como de costumbre. ¿Acaso había abierto la puerta, caminado hasta él y dejado algún rastro de su entrada en el camarote? El capitán tuvo que postergar la respuesta a ese misterio para otra ocasión.

—¡La tripulación no puede amotinarse! —bramó, cerrando de golpe la tapa del arcón.

—¡Eso les he dicho, pero no atienden a razones!

Desde cubierta llegaron un griterío y un torrente de maldiciones.

El capitán atravesó la puerta con paso firme (o al menos eso intentó, hasta que decidió que era mejor abrirla al escuchar una risita ahogada detrás de él).

21

Casilda deambulaba por la cocina del barco canturreando en voz baja. Estaba especialmente animada ese día.

Aún llevaba los globos atados a la muñeca, y unas gomas hábilmente prendidas a su cintura se amarraban a distintos lugares de la cocina para que pudiera moverse con libertad sin darse contra el techo. De tanto en tanto, consultaba un enorme y desencuadernado libro de cocina que mantenía abierto gracias a dos gruesas lonchas de beicon con las que separaba las páginas. Estaba disfrutando de lo lindo.

El capitán Speedy, acompañado de Edu Mohoso, irrumpió en la cocina con la fuerza de un búfalo, aunque esta vez se cuidó mucho de abrir la puerta antes de darse contra ella.

—¡¿Qué demonios les has hecho a mis marineros?!
—A ver, hummm... —Casilda apartó las lonchas de beicon y pasó las páginas hasta dar con una loncha de salchichón—. Aquí está: «Brameante sopa de guindillas», a la que he añadido un poco de pimienta blanca

y negra para potenciar su sabor. Niño, apártate de mi libro.

—¿Y por qué diantres has hecho eso? —bramó el capitán, conociendo ya la respuesta.

—La noche era fría, los niños trabajaban mucho... —contestó Casilda agitando las manos exageradamente mientras sonreía con malicia.

—¡Niña del demonio!

—Casilda —corrigió Casilda.

—¡Haré que te arrojen por la borda!

—De acuerdo —sonrió Casilda con una mezcla de obstinación y estupidez suicida, propia de su tozudez.

Estamos en la cubierta del barco. Los marineros han pasado todo tipo de contracciones estomacales, dolores y flujos, reflujos y acidez, y se encuentran de un humor terrible. El capitán Speedy empuja a Casilda por la plancha de madera que se extiende desde la borda del barco hasta el exterior y por donde los condenados a muerte deben saltar al mar.

Casilda camina confiada, mientras los marineros la observan silenciosos y aterrados. Hasta ahora, nunca han pasado por la plancha a nadie. De vez en cuando, un eructo o un retortijón se deja oír en medio de tan solemne asunto. Casilda lleva unas botas enormes en

las que el capitán ha metido puñados de azúcar, de modo que dar un solo paso le cuesta un gran esfuerzo.

El capitán Speedy la agarra de la muñeca y, de un solo tajo, corta las cuerdas con las que Casilda se sujeta a sus globos. Casilda entorna los ojos como un tigre y susurra con voz ronca.

–Infame y horrible hombretón de ojos saltones como huevos escalfados... –son palabras nuevas que la sorprenden a ella misma.

El capitán le pega un nuevo empujón hacia el final de la plancha. Casilda yergue la espalda con dignidad y avanza por las tablas carcomidas y roñosas arrastrando los pies.

Esta es la situación.

Nada halagüeña para Casilda.

Describiendo una curva, se acerca hacia el barco Tanatia, cuya mirada se ha desviado hacia el naranja rosado del amanecer.

Mientras tanto, Marcos continúa estrujándose las meninges en busca de una solución a su problema.

22

La noche acogía a las últimas almas de las que Tanatia se había encargado. Incluso las guerras más cruentas habían concluido en busca de un descanso, y los heridos regresaban a sus trincheras. Los moribundos recibían con esperanza el nuevo día de vida; los que gozaban de buena salud se entregaban al remoloneo entre las sábanas antes de comenzar la jornada.

Tanatia pensó que el día no difería mucho de la noche, salvo porque durante la noche solía haber más trabajo. Y aunque su visión se movía en las sombras como si un banco de oscuridad la rodeara constantemente, por algún resquicio de esa negrura se coló uno de los primeros rayos del amanecer. Ella nunca había estado despierta durante esas horas. Le gustaba la noche del mismo modo en que le gustaban la ropa negra y los cementerios, y no conocía el despuntar del día.

Giró la cabeza en el mismo instante en el que se encontró frente a un largo tablón que a duras penas logró esquivar. Sintió un golpe en su rodilla y, de pronto, algo se agarró a su capa, algo muy pesado que tiró de ella hacia abajo.

Tanatia trató de impulsarse para ganar altura y oyó a sus pies el inconfundible grito de una niña.

–¡Suelta mi capa! –ordenó Tanatia sintiendo que perdía altura.

–¡No! ¡Si me suelto, me caeré! –gritó Casilda.

Tanatia no conseguía verla, pero sí se percató del enorme barco desde el que un grupo de niños capitaneados por un hombretón seguían con interés todo el asunto.

Casilda intentaba trepar por la tela. Se sostenía con esfuerzo, pero principalmente con fuerza de voluntad. Los zapatos eran muy pesados, y las manos le sudaban tanto que resbalaban lentamente por el tejido. *No aguantaré mucho*, pensó asustada. Se aferró con las escasas fuerzas que le quedaban e intentó alzar una mano para auparse un poco más tomando impulso. Ese tirón tuvo unas consecuencias desastrosas para Tanatia: la capa se desprendió de ella e instantáneamente comenzó a caer a plomo.

–¡Lo siento! –exclamó Casilda agarrando las cuatro puntas de la capa a modo de paracaídas, mientras veía a Tanatia dar vueltas y tumbos por los aires.

Tanatia caía y, al caer, sentía cómo la carne volvía a sus huesos, el pelo a su cabeza, la ropa a su cuerpo. Súbitamente, oyó un ruido extraño (plof, plof, plof), y su cuerpo rebotó contra una superficie blanca, blanda, redonda, enorme y resbaladiza desde la que se deslizó a otra.

Plof, plof, plof...

... y así sucesivamente, mientras Tanatia botaba de un globo a otro globo del enorme ramillete que sostenía el barco del capitán Speedy, hasta que finalmente aterrizó en sus brazos.

–¡Por el fantasma del Gran Tiburón Sharkiano que devoró al pirata Malos Humos! –exclamó Speedy sosteniendo a Tanatia.

Hay quien dice que el amor es un delirio compartido. Hay quien cree en el amor y hay quien no cree; pero lo que todos sabemos es que el amor, en su punto álgido, es una emoción capaz de sacudirnos con la misma fuerza que un tornado pasando por una aldea de casas hechas con palillos. Una de las formas más tontas de perder el rumbo que tiene el ser humano en esta vida.

El capitán jamás se había preguntado nada acerca de ese tema, y a Tanatia nunca le habían interesado los hombres. Así que podríamos decir que ninguno de los dos estaba preparado para sentir aquello llamado amor. No, no estaban preparados para sentir los sudores, las palpitaciones, el rubor, la torpeza y los retortijones que sufren los enamorados cuando son flechados por Cupido.

Al capitán Speedy le pareció que algo le había sentado mal, porque tenía el estómago colapsado y la lengua pegada al paladar. Tanatia se dijo que la nebulosa que velaba su mirada eran los primeros signos de un incipiente astigmatismo.

–¡Capitán, la niña ha vuelto convertida en una mujer! –exclamó Edu Mohoso a su lado–. ¡Esto es brujería!

El capitán tardó unos segundos en reaccionar. Aquella muchacha de rostro anguloso, pálido y huesudo le parecía la criatura más hermosa y perturbadora que jamás había visto. Tanatia pensó que aquel hombretón que la sostenía entre sus brazos como si fuera una pluma ejercía sobre ella una atracción como la del pegamento.

–¡Capitáaan! –chilló Edu Mohoso con más fuerza.

Pero la borrachera amorosa que había comenzado a sentir el capitán ya había alcanzado una terca resistencia a cualquier aviso.

–¿Señora...?

–Señorita –puntualizó Tanatia, con una inevitable suavidad que le resultó irritante a ella misma.

–Capitán Speedy, para servirle –se presentó el pirata, dejando caer a Tanatia al suelo para quitarse el sombrero con una reverencia llena de florituras.

Tanatia se puso en pie, se frotó el trasero y se estiró la falda. Luego carraspeó, tosió e intentó agravar su voz, que se resistía a abandonar ese sonido delicado. Pero la siguiente frase sonó más aguda aún.

–¿Alguien me puede decir dónde estoy? –dijo con los brazos en jarras.

–Señorita, este es mi barco, el *Cortavientos*, y yo soy su capitán –consiguió decir Speedy con una voz parecida al balido de una oveja aterrada.

–Es una bruja –susurró Edu Mohoso tirando de la chaqueta del capitán.

Tanatia, un poco más lúcida gracias al batacazo que se acababa de dar, dio unas cuantas zancadas por cubierta y arrugó la nariz con disgusto.

–Siempre he creído que los barcos debían navegar por el mar y no volar con una bandada de cuervos a bordo –dijo mirando a los pequeños marineros reunidos en torno a su capitán–. Tenéis el mismo aspecto que un montón de migas con chorizo dejadas en un plato desde hace una semana –añadió fingiéndose preocupada.

Edu Mohoso apretó los puños, furioso, y toda la tripulación dio un paso vacilante hacia Tanatia.

–Pero oléis mucho peor –añadió Tanatia tapándose la nariz exageradamente.

El capitán se olisqueó las axilas y se pasó la lengua por los dientes en busca de algún resto del pollo que se había comido la noche anterior.

–Desafortunadamente, nos abastecemos del agua de la lluvia, y la cacería de esta noche casi ha acabado con nuestras provisiones –confesó sin darse cuenta de lo que estaba diciendo.

Tanatia entornó los ojos con suspicacia. *¿Cacería?*, pensó.

Edu Mohoso decidió tomar la iniciativa y le propinó una soberana patada en la tibia al capitán. Pero otra de las características del amor es su efecto anestésico, porque cuando uno se enamora no siente otro dolor más que el que sufre por su amado.

–Señor, reaccione: es una bruja y le está hechizando –rogó Edu Mohoso con voz queda.

Tanatia bostezó, estiró los brazos, se retorció y se dejó caer sobre unas gruesas cuerdas enroscadas como serpientes.

–¿Y la espada? –preguntó Tanatia mirando el cinto del capitán.

–¿Mi... mi... espada? –tartamudeó.

–Sí. Todos los piratas llevan espada. Y algunos tocan la armónica, el acordeón o el violín.

–Nosotros no llevamos espada ni tocamos eso que dice –contestó ufano Edu Mohoso.

En cambio, el capitán Speedy estaba impresionado, y la idea de conseguir cualquiera de esas tres cosas comenzaba a danzar en su cerebro.

–¡Señor Mohoso! ¡Acompañe a esta dama a su camarote! –ordenó el capitán sin apartar la mirada de Tanatia, que en ese momento inspeccionaba una rodaja de salchichón sobre la que acababa de sentarse.

–Señor, no hay camarotes para las damas –contestó Edu Mohoso, cada vez más preocupado.

–¡Pues acomodadla en el mío! –contestó Speedy.

–¿Y usted dónde dormirá, si me permite preguntárselo, señor? –interrogó Edu Mohoso en un desesperado intento de que su capitán recobrara la cordura.

Aquella noche, Edu Mohoso, Pedrito Carbonara, Torpe Torpedo, Fringe, Roski y el pequeño Alpujarra refunfuñaban en la cubierta del barco, hechos un ovillo junto a las cuerdas. Hablaban en susurros, pues presentían que Tanatia dormía como los gatos: con un ojo abierto y otro cerrado.

–Tenemos que echarla del barco –dijo Edu.

–Pero el capitán no nos dejará... –objetó Carbonara.

–Cierto –contestó Fringe, sacando de su bolsillo un pedazo de queso duro con el que se partió un diente de leche que guardó en su bolsillo.

–Podemos envenenarla –dijo Roski.

–¿Y eso cómo se hace? –preguntó Torpe.

–Creo que es algo como una indigestión fuerte, pero te mueres –aventuró Roski sin mucha convicción.

–Hay unos tomates podridos en la nevera... –recordó Edu.

–Y unas zanahorias negras y retorcidas –añadió Carbonara.

–No, las zanahorias ya no están –contestó Torpe Torpedo mirando hacia otro lado.

–Los tomates tampoco –reconoció Edu.

El silencio que siguió fue un momento reflexivo que se llenó de bostezos, y unos minutos más tarde, todos dormían profundamente. Todos salvo el capitán Speedy, que se movía inquieto en la cama sin poder apartar el rostro de Tanatia de su cabeza y preguntándose si aún podría aprender a tocar el violín. Luego recordó que en el barco no había ningún violín, viola, violonchelo, contrabajo ni balalaica, sino una vieja quena de bambú a la que jamás había conseguido sacar sonido alguno, y se propuso empezar a practicar esa misma noche.

Sobre las tres de la mañana, y después de una treintena de malogrados soplidos, el capitán se desmayó por hiperventilación pulmonar.

23

Casilda caía. Agarrada a la capucha y a los dos extremos de la capa, caía. No tan despacio como le hubiera gustado, debido al peso de las botas que el capitán Speedy le había llenado de azúcar. Y, de pronto, en un momento estaba la capa y en otro ya no estaba. Agitó las manos en el aire buscándola y la vio alejarse como un gran pájaro negro.

–¡No puedes irte! –gritó.

Un sonido como el de una enorme sábana sacudida por el viento pasó cerca de ella. Luego sintió que alguien la agarraba del vestido. Alcanzó a ver un par de enormes alas cuando se agitaban hacia abajo y, al levantar la cabeza, se encontró con los ojos de Buddy. Cuando Casilda lo miró, sintió que se conocían de algo.

Buddy volaba con esfuerzo por culpa de las pesadas botas que llevaba Casilda. Ella intentó alcanzarse los pies y, con dificultad, comenzó a desatarse los cordones.

Buddy gimió: fue un sonido largo e hiriente como el llanto de un niño.

Metros más abajo, el abuelo Junior despertó sobresaltado y salió de la cama.

Ese sonido...

Se puso algo parecido a una bata, que podría haber sido un saco deshilachado y carcomido por las polillas, y salió al escalón donde Marcos aún intentaba encontrar una solución, aunque ya hacía un par de horas que no recordaba a qué.

–¿Has oído ese ruido? –preguntó el abuelo Junior.

–¿Qué ruido? –contestó Marcos sin mirarle.

–Buddy.

–¿Quién es Buddy? –preguntó Marcos, desorientado.

–Chico, nuestras conversaciones han añadido un nuevo terror a mis días –contestó el abuelo Junior oteando el cielo.

Marcos se encogió de hombros. El abuelo Junior entró en la casa y, unos segundos más tarde, sacó el telescopio orbital y lo orientó hacia el cielo moviéndolo de derecha a izquierda. De pronto, dejó escapar un grito ahogado, se alejó de un salto y salió de la casa arrastrando el pesado cazamariposas.

–¡Vamos, ayúdame a encajarlo! –gritó.

–¿Qué pasa?

–¡No es momento de preguntas, chico!

Marcos sintió un golpetazo sordo y un chillido agudo. Lo siguiente fue algo pesado y lleno de plumas que cayó dentro de la red y que estuvo a punto de partir el mango. El metal chirrió bajo el peso. Los tornillos del disco giratorio saltaron de sus agujeros, mientras el abuelo Junior apretaba los dientes y lo sujetaba con fuerza.

—¡Aprieta, chico! ¡Si no, los perderemos!

Marcos tomó aire y se apoyó con todo el peso de su cuerpo en el mango. El cazamariposas se combó un par de veces hacia arriba y hacia abajo hasta quedarse quieto. Entonces, algo de lo que había caído en la red le agarró con fuerza la mano, y la cara de Casilda asomó entre las alas de Buddy.

—¿Tú? —preguntó Marcos.

—¿Te conozco?

—Soy yo, Marcos.

—¿Te parece que es un buen momento para presentarnos?

Casilda subió al escalón con la misma gracia que un muñeco de cuerda averiado.

—¿Por qué caminas así? —preguntó Marcos.

—Tú también caminarías como yo si un malvado pirata te hubiera rellenado las botas con kilos de azúcar —contestó ella arrastrando los pies.

El abuelo Junior, agachado junto a la red, examinaba a Buddy con preocupación.

—Creo que se ha hecho daño —dijo Casilda asomando la cabeza.

—¿Qué esperabas? —le espetó el abuelo Junior—. Buddy no puede llevar tanto peso.

—¿Quién es Buddy? —preguntó Casilda.

—El pájaro que te ha traído —contestó Marcos.

—¿Y tú quién eres? —preguntó Casilda entornando los ojos.

—Ya te lo he dicho: Marcos.

Casilda frunció el ceño.

–¿El llorica? Estás muy cambiado...
–Yo no soy un llorica.
–Lo que tú digas, llorica.
–Para ser tan pequeña eres bastante pesada, y no lo digo por las botas –le espetó Marcos–. Además, pareces...

–... mayor... –observó Casilda mirando a Marcos con atención.

Durante un breve instante se escrutaron el uno al otro.

–Dejaos de tanta charla y ayudadme a sacar a Buddy antes de que esto se parta –ordenó el abuelo Junior.

Marcos y Casilda se agacharon junto a la red. Buddy agitó las alas esparciendo una nube de plumas por el aire. El abuelo Junior le susurró algo en voz baja para tranquilizarle y, entre los tres, lo sacaron con dificultad del cazamariposas. El abuelo Junior lo trataba con extremada delicadeza.

–Tiene rota el ala derecha –concluyó con pesar.

–Pobrecito... –susurró Casilda distraída, mientras miraba hacia la puerta que había en el escalón.

–Y tú tienes la culpa –le espetó el abuelo Junior poniéndose en pie.

–¿Yo? –Casilda volvió su rostro hacia Marcos pidiendo ayuda. Marcos aprovechó para mirarse las uñas–. Yo no he hecho nada. Eso me agarró de la cintura cuando la capa se marchó volando, y el capitán Speedy me había llenado los zapatos de azúcar; pero la señora que llevaba la capa no podía con las dos y entonces ella también se cayó... y Buddy...

–¿El capitán Speedy te tiró del barco? –preguntó Marcos.

–¿Estabas a bordo del navío del capitán Speedy? –preguntó el abuelo Junior.

–¿Quién se cayó?

–¿Qué señora con qué capa?

Casilda lanzó un suspiró y se puso en pie.

–Se quedó con todos mis globos. Es un ladrón. Pero yo les puse picante en la comida. Mucho mucho picante –agregó con una sonrisa maliciosa–, y luego todos se pusieron malísimos y él se enfadó mucho.

–Qué raro –comentó Marcos con ironía.

Casilda le lanzó una mirada tan desprovista de emoción como la que le habría provocado una cagarruta de paloma.

–Y bien, ¿ahora qué hacemos? ¿Habéis pensado cómo vamos a recuperar mis globos?

El abuelo Junior se incorporó con dificultad y apretó los puños hasta que la piel dejó entrever los huesos de sus nudillos.

–Uno, puede que sí. No me quedaba más remedio. ¡Pero dos...! –masculló exasperado.

Casilda retrocedió un paso hacia Marcos, que aprovechó para susurrarle:

–Te aconsejo que no vuelvas a hablar de los globitos.

–Bueno, pues vale, pero este escalón es muy pequeño. ¿Y qué es esa puertecita? –preguntó Casilda fingiendo una tranquilidad que no sentía en absoluto.

Casilda desapareció por la puerta, y Marcos aprovechó para ayudar al abuelo Junior a poner en pie a Buddy.

—¡Vuela Buddy, vuela! —le animó el abuelo Junior.

Buddy agitó el ala izquierda, mientras la derecha colgaba inmóvil y lánguida como la oreja de un cocker.

—El asunto es muy grave —susurró el abuelo frotándose la frente. Parecía realmente preocupado.

—¿Cómo de grave? —preguntó Marcos, más por cortesía que por preocupación. A él no le parecía que un ala herida fuera algo de lo que preocuparse tanto: en unos días estaría curada.

—Si no curamos a Buddy, habremos roto el equilibrio.

Marcos intentó entender la frase; pero a pesar de que notaba que ahora sabía muchas cosas más que antes, por más que se esforzó, no lograba ver a qué equilibrio se refería el abuelo Junior. Sin embargo, algo en su tono le preocupó.

—Y si rompemos el equilibrio, ¿qué pasará?

—Ella vendrá, y yo... yo... No sé, pero ella vendrá.

—¿Quién?

—Mi jefa.

—Ah.

—No lo entiendes, muchacho: yo tengo que hacer un trabajo para ella, y para eso necesito a Buddy. Si Buddy no devuelve al cielo las estrellas que derriba el capitán Speedy, todo se irá a la porra.

—A la porra... —repitió Marcos comenzando a hilar algunas cosas.

—Es terrible.

—¿Cómo de terrible? —Marcos miró hacia lo alto del tobogán mientras se tanteaba un bolsillo. Había sacado el pañuelo en el que el abuelo Junior envolvía las estrellas derribadas, y ahora lo sostenía entre sus manos–. Son tan bonitas... –murmuró, echando una última mirada a la débil luz que aún resplandecía en el pañuelo antes de ofrecérselo al abuelo Junior con arrepentimiento.

–¿Te quedaste con una? –musitó el abuelo Junior agarrando el pañuelo con manos temblorosas.

–¿Una qué? –preguntó Casilda saliendo por la puertecita mientras se sacudía la falda–. Ahí dentro está todo lleno de polvo.

–Pensaba devolverla esta noche. Bueno, yo no. Se la iba a dar a Buddy.

Casilda se agachó y contempló el pañuelo abierto, que el abuelo Junior había dejado en el suelo. Dentro, la lucecita brillaba y cambiaba de forma.

–¡Anda, si es lo mismo que cazaba el capitán Speedy! Caían sobre la cubierta del barco. Esos niños tontos corrían a recogerlas y se las daban a ese energúmeno.

El abuelo Junior cubrió la estrella y miró a Marcos con tristeza. Marcos se sintió fatal: había hecho algo malo. De eso estaba seguro, y necesitaba arreglarlo como fuera. Tenían que subir esa estrella al cielo otra vez. Si no, se moriría. O tal vez algo peor. Aunque Marcos no sabía qué podía ser peor que morirse. Ni siquiera estaba seguro de si las estrellas estaban vivas o muertas. En realidad, aún no había entendido muy bien qué era lo que había allí dentro, y si eso, fuese lo que fuese, estaba vivo o por nacer. Lo que sí entendía era que había «posibilidades». Sí. Las estrellas encerraban posibilidades, y esas posibilidades nunca serían posibles si él no la devolvía a su lugar.

–No pensaba quedármela. De verdad.

–Buddy no podrá subirla. No puede volar –contestó el abuelo Junior poniéndose en pie y entrando en la casa.

Casilda miró a Marcos; no entendía ni torta, pero, por algún motivo, también se sentía triste. Tan triste que, por primera vez, puso en duda que sus globos fueran tan importantes como ella creía. Se sentó en el escalón, junto a Marcos y a Buddy, y apoyó la barbilla sobre los puños.

El Sol intentó salir, aunque se lo pensó un poco. Esa mañana se respiraba un aire de tristeza más propio de la noche que del día, pensó el Sol. Pero como la Luna no se decidía a brillar, terminó por amanecer.

24

Tanatia se incorporó en la cama.

Alguien llamaba a la puerta. Eran unos golpecitos suaves pero insistentes. Tanatia se cubrió con las sábanas hasta el cuello.

–¿Quién llama? –preguntó.

–Soy yo: Speedy –siseó una voz que le llegó por debajo de la puerta–. Te traigo el desayuno.

Tanatia se bajó las sábanas más o menos a la altura del escote y abrió las contraventanas para que la luz del amanecer iluminara estratégicamente su cuello. Sabía que tenía una piel blanca que la gente no podía dejar de admirar.

–Puedes pasar. No está cerrada con llave.

El capitán entró sosteniendo una bandeja cuyo contenido se tambaleaba peligrosamente.

–Supongo que sabrás comportarte con una dama –dijo Tanatia, bajándose con malicia un poco más el escote.

El capitán miró con desesperación a su alrededor, buscando un lugar donde dejar la bandeja que no estuviera ocupado por envoltorios de chocolatinas, mapas viejos, papeles, libros, restos de comida, rodajas de salchichón o ropa sucia.

–Allí –señaló Tanatia, alargando un dedo majestuoso hacia una butaca de la que colgaban unos calzoncillos.

El capitán dio unos pasos indecisos hacia la silla. Se encontraba demasiado lejos de la cama, y además estaba aquel asunto de los calzoncillos; pero, por desgracia, no parecía haber muchas más opciones.

Dejó la bandeja sobre la butaca y se guardó con disimulo los calzoncillos en el interior de la chaqueta.

–Te he traído el desayuno.

–Yo nunca desayuno –informó Tanatia–. Los desayunos atontan a la gente y bajan el azúcar. Además, no me fío de tus cocineros. Ellos me odian.

–Lo he hecho yo mismo –admitió Speedy sonrojándose–. Me pareció que estabas un poco delgada.

Tanatia miró hacia otro lado, sonrojándose también. Por primera vez, se dio cuenta de que le preocupaba su aspecto.

–No quiero decir que no seas... bellís... muy hermos... que no estés bien –se apresuró a disculparse Speedy.

–Ya, bueno. Me da igual: no voy a desayunar porque no me gustan las tortitas. Y además, tengo muchas cosas que hacer hoy –Tanatia le hizo un gesto al capitán para que mirara hacia otro lado–. Si no te importa... –añadió saliendo de la cama.

Speedy se dio la vuelta inmediatamente. Tanatia se estiró las enaguas y se puso el vestido.

–Ya puedes mirar, si quieres –dijo.

–¿Puedo hacerte una pregunta? ¿Qué cositas tienes que hacer hoy? –preguntó Speedy retorciéndose los dedos.

–Tenemos que dirigir el barco hacia lo alto del tobogán del Parque de los Sonámbulos.

El capitán tragó saliva. Era consciente de que iba a ser una conversación difícil.

–Bueno, eso es del todo imposible.

–En absoluto –afirmó Tanatia luchando contra un zapato que se negaba a meterse en su pie–. Nunca elijo hacer cosas imposibles; las cosas imposibles son imposibles de hacer, y conllevan un gasto energético de lo más estúpido. Así que lo que pretendo hacer es algo tan fácil como llevar este barco hasta allá, y no es que sea una cosa muy complicadita, la verdad.

–El caso es que vamos en dirección opuesta al tobogán. Hemos tenido un pequeño encontronazo con él hace tan solo un par de días, y no creo que la tripulación quiera volver a acercarse de momento.

Tanatia no respondió, porque llevaba un rato fijándose en un resplandor que oscilaba en lo más oscuro de uno de los rincones del camarote. Dio unos pasos hacia la luz, y el capitán Speedy se interpuso en su camino. Tanatia le apartó con firmeza y el capitán cedió como una brizna de hierba se habría doblado bajo un pie.

–¿Qué escondes ahí? –preguntó Tanatia mirando el baúl.

Speedy se dijo que tal vez esa fuera la oportunidad de impresionarla.

–Allí guardo mi botín.

–¿Botín? –preguntó Tanatia.

El capitán Speedy optó por abrir la tapa del baúl para impresionarla.

–Ah, comprendo –dijo ella, entornando los ojos para que el resplandor no la cegara–. ¿Este es tu tesoro?

El capitán asintió, satisfecho.

Tanatia reconoció inmediatamente esas luces

–¿Estás robando estrellas?

–Las derribo y las guardo en el baúl. Todos los piratas han de tener un tesoro –el capitán titubeó–..., o algo parecido.

–Esto no es un tesoro. Los tesoros están hechos de coronas y diamantes, monedas de oro e incluso bisutería barata, muchas veces –Tanatia reflexionó un segundo–. Estás robando almas, y como ella se entere, no le va a gustar nada.

–¿Ella? ¿Quién? –preguntó Speedy sintiendo que todo su orgullo comenzaba a hacerse pedazos.

–La Muerte.

–La Muerte no existe –replicó el capitán Speedy cerrando el baúl.

–Ah, claro, no, qué tonta, perdona, es verdad. La gente no se muere. ¿Es que no has visto morirse a nadie? –preguntó Tanatia irritada.

El capitán repasó los treinta y cinco años de su vida y negó con la cabeza.

–No, la verdad es que no.

Tanatia suspiró profundamente.

–La Muerte lleva las almas hasta el cielo y las coloca allí arriba. Y a ti no se te ocurre otra tontería que ir derribando lo que ella hace... Si quieres, te lo explicaré de forma que lo entiendas: te has metido en un buen lío, y ahora tienes un problema bastante grande. Y yo tengo que rescatar a un niño del tobogán –recordó–, así que debemos darnos prisa antes de que Ella venga.

–¿Ella? –preguntó el capitán.

Tanatia suspiró y salió del camarote con paso decidido. Le gustaba el capitán, a pesar de su torpeza y de esa irritante manía que tenía de repetir todo lo que ella decía; pero tenía que averiguar dónde estaba Marcos y devolverlo a su casa sano y salvo, y el destino había puesto ese barco en su camino, y cuando el destino te regalaba cosas, no había que rechazarlas.

–¿Adónde vas? –el capitán la seguía escaleras arriba hacia cubierta.

–Pues a guiar el barco hacia el tobogán.
–¿Sabes manejar el timón?
–No, no tengo ni idea.
–Ah, estupendo –repuso el capitán, preguntándose cómo iba a evitar que Tanatia los estrellara.
–Claro que, si me ayudas, será mucho más fácil –contestó girándose hacia él y sacudiéndole unas miguitas de pan que había observado que llevaba el capitán en la solapa de su chaqueta.

Ese gesto fue suficiente.

Algunos gestos lo son.

Suficientes para derribar a un gigante con un simple tirachinas.

Solo tienes que apuntar bien y saber cuál es el punto débil.

Lo demás es pan comido.

Tanatia lo sabía y dio en el centro del corazón de su víctima.

El capitán Speedy no dijo nada, pero infló el pecho y dejo salir todo el aire que había contenido durante toda su vida.

A Tanatia se le alborotó tanto el pelo que tuvo que sujetarse el moño con las dos manos.

Pero una greña, un simple mechón de cabello, resbaló sobre su cara y se balanceó un par de veces junto a su mejilla.

El capitán lo miró y, en ese momento, decidió que llevaría el barco hasta el fin del mundo si Tanatia se lo pedía.

25

No fue un día fácil. El abuelo Junior estaba de un humor de perros que alternaba con inesperados ataques de melancolía. Había guardado la estrella cuidadosamente en una cajita negra que abría cada minuto y miraba preocupado.

Marcos y Casilda caminaban de puntillas intentado hacerse invisibles, cosa bastante difícil en una habitación en la que cada dos pasos tropezaban con una silla, una mesa, un cazamariposas gigante o un telescopio orbital, entre otras cosas.

Marcos había optado por no decir ni mu. Casilda, apoyada en el marco de la puerta, no podía evitar mirarlo. Estaba segura de que desde la noche previa ya era un poco mayor. En realidad, ella también se sentía diferente, sobre todo porque la falda le estaba cada vez más corta y, por más que se la estiraba, había pillado a Marcos un par de veces con los ojos clavados en sus piernas. Se frotó las rodillas para limpiarse un poco de suciedad y miró con coquetería a Marcos.

Pero Marcos estaba muy lejos de admirar las rodillas de Casilda, o de darse cuenta de lo que a él mismo le estaba pasando. Sabía que esa estrella y el accidente de Buddy eran dos problemas muy graves que tenían que resolver cuanto antes, y también sabía que la única solución no iba a acarrear nada bueno al abuelo Junior. Debajo de todo ese falso malhumor había un gran corazón, capaz de sacrificar la vida por una estrella. Y Marcos sabía que eso era lo que el abuelo Junior se proponía hacer.

Al llegar la tarde, los únicos objetos que quedaban en la casa eran la vieja mesa y un par de sillas. Marcos se quedó de pie mientras el abuelo Junior golpeaba la madera con los nudillos, siguiendo un ritmo que estaba seguro que era el de una canción que él había escuchado antes.

–Bien, bueno, de acuerdo, menuda faena. Parece que no nos queda otra que subir. Una estrella, en estas circunstancias, no puede vivir mucho. Por eso tenemos que llevarla hasta lo alto del tobogán y colocarla en su lugar antes de que Ella se dé cuenta.

–¿Y no puede ser que Ella no se entere? –preguntó Marcos–. Lo que quiero decir es que hay tantas estrellas en el cielo que, tal vez, una arriba o abajo... –argumentó, aunque algo le decía que la persona para la que trabajaba el abuelo Junior era más eficaz que un contable.

El abuelo le dedicó una mirada severa.

–No se trata de eso. ¿Aún no has entendido cuál es mi trabajo?

Marcos asintió con la cabeza. Sí, claro: de pronto lo sabía. No sabía cómo lo había entendido, pero ahora estaba seguro de quién era Ella y de cuál era el trabajo del anciano. En ese momento, deseó con todas sus fuerzas que la estrella no hubiera escuchado lo que acababa de decir.

El abuelo Junior se levantó de la mesa y se acercó hasta una estantería en la que solo quedaba su pequeño reloj de arena. La arena ahora se deslizaba un poco más deprisa que antes por el estrecho embudo que unía ambas partes.

–No tenemos mucho tiempo. En marcha.

La luz del día parecía tener la misma prisa que la arena del reloj por caer al otro lado. El abuelo Junior subía los escalones luchando por respirar. Marcos y él se turnaban para llevar la estrella bien protegida entre los brazos; Buddy los seguía con la ayuda de Casilda, que no dejaba de protestar y maldecir en voz baja (suficientemente baja como para que a Marcos no le entraran ganas de meterle una patata en la boca).

Subieron durante todo el día. Marcos seguía apuntando los números y los escalones. No porque ahora le interesara saber de qué números se trataba, puesto que de pronto los conocía, sino porque algo le decía que ahí se encerraba un enigma.

Llegó la noche, y el abuelo Junior se detuvo en un escalón tan viejo que Marcos temió que fuera a quebrarse en cualquier momento y arrojarlos a todos al vacío. Echó un vistazo hacia la impenetrable oscuridad en la que las formas habían desaparecido. La estrella le quemaba como el hielo en las manos, y cuanto más subían, mas se enfriaba.

–Hace frío –se quejó Casilda–. No sé si podremos seguir subiendo así, sin ropa de abrigo.

–Es cierto –admitió Marcos, observando el rostro grisáceo del abuelo Junior y el temblor que sacudía su pequeño cuerpo.

Miró hacia lo alto. Aún quedaba un largo trecho, y si la temperatura seguía bajando, probablemente terminarían convertidos en muñecos de nieve. Sin embargo, Marcos no tenía más remedio que permanecer junto al anciano y ayudarle a llegar hasta el final de las escaleras del tobogán, aunque le fuera la vida en ello. *Pero, claro*, pensó, *si todos morimos, no habremos conseguido nada de nada.*

Una oleada de frío le recorrió los brazos, entre los que sostenía el pañuelito con la estrella.

–La verdad es que podías calentarnos un poco –le susurró con rencor al pañuelo negro.

–No le hables así –le reprendió el anciano–. Nosotros le hemos robado la vida.

Entonces Marcos comprendió lo que tenía que hacer.

Existen momentos en los que Lo Que Se Tiene Que Hacer te empuja con tanta fuerza que no te queda otra.

Y aquel era uno de esos momentos

Marcos abrió el pañuelito y miró la pequeña esfera brillante. Era una idea; solo una idea extraña que había aparecido en su cabeza como si siempre hubiera estado allí, en algún lugar en el que se guardaban las cosas que sabía sin saber que las sabía.

Metió las manos en la luz. Al principio, un frío intenso le recorrió los brazos con tanta fuerza que pensó que no lo soportaría. El frío subió hasta los hombros, bajó hasta el pecho y llegó al corazón. Marcos abrió la boca e inhaló con todas sus fuerzas.

En algún lugar del tobogán, La Muerte recibió su capa mientras se chupaba los huesudos dedos de los que chorreaban gotas de kétchup y mostaza.

–LA VIDA –susurró, lamentándose de haber acabado su banquete.

–La vida... –musitó Marcos cuando su corazón comenzó a latir con fuerza.

–La vida... –dijo el capitán Speedy mientras guiaba el barco bajo las órdenes del amor.

Casilda miraba aterrada a Marcos, que palidecía como si se acabara de atragantar con una bola de madera. Pero entonces Marcos exhaló con fuerza y sintió que la bomba de su corazón se ponía en marcha como los motores de un trasatlántico listo para zarpar. Las calderas de sus riñones hirvieron y sus pulmones se ensancharon con la fuerza del vapor.

Casilda se arrimó a él. Marcos expelía el mismo calor que una buena hoguera, y la estrella brillaba entre sus manos como una brasa a punto de volver a prender. Casilda abrazó a Marcos y tendió una mano hacia el abuelo Junior. La corriente de calor pasó a través de ellos, y una potente sensación de vitalidad los invadió. Buddy extendió su ala izquierda y los arropó bajo las plumas, que crepitaron y olieron un poquito a pollo frito.

Si alguien hubiera mirado desde el Parque de los Sonámbulos; si alguien, en ese momento, hubiera observado el cielo desde su la ventana; si un astrónomo inquieto hubiera decidido alcanzar la gloria de algún nuevo descubrimiento en el cosmos, habría podido distinguir una nueva y pequeña constelación, un conjunto de cinco estrellas unidas como los cinco dedos de una mano. Cinco estrellas fuertes, inquebrantables, tenaces, resplandecientes y vibrantes en lo alto del firmamento.

26

El capitán Speedy dirigía el barco hacia un espeso banco de nubarrones, tan grises como los dientes de una anciana bruja. Los marineros miraban a su capitán atónitos, aunque no pasaría mucho tiempo antes de que la sorpresa se convirtiera en indignación y recelo.

Fue el señor Alpujarra, un chiquillo delgado y propenso a fastidiar a los demás, el primero que habló.

–Le ha embrujado.

–Sí, es cierto –apoyó Lapicero.

–Navegamos de vuelta al tobogán –informó Edu Mohoso.

–¿Y qué podemos hacer? –preguntó Pedrito Carbonara.

–Pasarla por la plancha –anunció Mr. Pot.

Los chiquillos se miraron. Estaban seguros de que ninguno era capaz de hacer algo así, aunque la frase resultara tremendamente atractiva y diera a su conversación la categoría de una charla de piratas de los de verdad.

–¿Y otra cosa? –propuso Fringe, mirándose las uñas con aire distraído.

–Podemos robarle su libro y negociar con ella a cambio de que abandone el barco –propuso Bostezos.

–¿Su libro?

–Ella siempre lleva Ese Libro. Debe de ser muy valioso, porque no le quita ojo de encima. Tal vez dentro esconda el mapa de un tesoro o algo así.

Los ojos de los chiquillos centellearon como monedas al escuchar la palabra «tesoro».

Tanatia, apoyada sobre un barril cercano al capitán Speedy, seguía la conversación de los niños palabra por palabra. A pesar de que había recuperado su aspecto humano, por motivos que desconocía aún, conservaba ciertas facultades como, por ejemplo, su extraordinario oído. Se había guardado de contarle esto a nadie, y ahora encontraba muy ventajoso haberlo mantenido en secreto. Se llevó la mano al bolsillo de la falda y palpó el diario. Aún no conseguía entender cómo era posible que, a pesar del agua, el viento, la desaparición de su ropa durante una noche entera y todas las peripecias que había sufrido, el diario y todos los dibujos permanecieran intactos. Sus dibujos eran mágicos. No entendía por qué lo eran. Nunca lo habían sido. Claro que no había intentado comprobarlo... ¿Cómo compruebas que un dibujo es mágico? Ni idea. Por otro lado, ella no sabía nada sobre magia ni todas esas tonterías. Tampoco era una bruja, al menos no conscientemente, aunque a algunos niños se lo pareciera. ¿Un hada madrina? Negó con la cabeza: para ser un hada madrina tenías que ser la madrina de algún niño o niña, y ocuparte de ellos en caso de que sus padres fallecieran o cuidar de que nada malo les sucediera. Y después de haber perdido a Marcos en el tobogán del parque, Tanatia estaba convencida de que sus funciones de hada madrina dejaban mucho que desear. Además, estaba el tema de la varita mágica, uno de esos palitos en cuya punta chisporroteaba una luz de colores que podía hacer surgir cosas de la nada. Tanatia no tenía varita (se detuvo en este punto y se palpó el otro bolsillo, en el que guardaba un pequeño estuche con sus lápices de colores). ¿O tal vez sí?

Abrió el estuche y miró los lápices. Desde la inundación del parque y su paseo por los aires, no había vuelto a echarles un vistazo. Seguían intactos, con las puntas afiladas, refulgentes, brillantes... Brillantes.

Tanatia comenzó un nuevo dibujo, solo que en esta ocasión sintió que era el lápiz el que la guiaba. Uno detrás de otro, los lápices parecían saltar sobre sus manos entrando y saliendo del estuche, hasta finalizar su tarea.

En la ilustración, Tanatia cocinaba un hermoso pastel para los pequeños marineros del barco. La Tanatia real frunció el ceño, disgustada, y luego decidió intentarlo. Hundió los dedos en el pastel del dibujo y se topó con el papel.

Había visto cómo La Muerte sacaba un perrito caliente de uno de sus dibujos. Pero, claro, Ella era diferente; probablemente, debajo de todos esos huesos y esas cuencas vacías hubiera una magia oculta, algún poder sobrenatural.

Tanatia se acercó al capitán Speedy.

–¿Qué te parece? –preguntó extendiéndole el papel.

El capitán echó un rápido vistazo al dibujo que tenía delante, al tiempo que trataba de evitar una bandada de gaviotas que huían de los nubarrones.

–Humm –logró decir.

–¿Te entran ganas de comértelo? –preguntó Tanatia.

–¿El qué? ¿El dibujo?

–No, el pastel –replicó impaciente.

–Sí, claro. Tiene un aspecto exquisito.

–¿Y por qué no lo intentas?

–¿El qué?

–Comértelo.

–¿El dibujo?

–El pastel del dibujo.

–Porque es un dibujo –repitió el capitán, cada vez más confuso.

–Oh, bueno. Tú inténtalo –ordenó Tanatia con energía, agitando el papel delante de la cara del capitán.

El capitán abrió la boca y cerró los ojos.

Una mano fuerte como una garra le detuvo.

–Así no, animal. Tienes que meter un dedo en el dibujo.

–Meter un dedo... –repitió Speedy sin pizca de convicción.

–Sí, como cuando lo metes en una tarta sin que nadie te haya dado permiso.

–De acuerdo. Meteré un dedo –contestó Speedy, cada vez más preocupado por la salud mental de su amada.

El capitán acercó el dedo hasta la tarta. El papel hizo crac y el dedo atravesó la hoja.

—No funciona —suspiró Tanatia apoyándose otra vez en el barril.

—¿Qué tenía que pasar? —preguntó Speedy, con el papel aún colgando de su dedo.

—No sé. Ella lo hizo, y parecía tan fácil...

—¿Quién hizo qué?

—No importa. Tú sigue al timón; yo tengo algo que hacer —contestó Tanatia, mientras se encaminaba hacia el grupo de chiquillos que continuaban cuchicheando.

Se dirigió hacia ellos con su larga zancada, más alta y temible a medida que se aproximaba. Se detuvo frente al grupo, chasqueó la lengua y se llevó las manos a la cintura.

—No soy ninguna bruja, pero puedo ser más mala que cualquiera de ellas si alguien se interpone en mi camino. Así que creo que es hora de que hagamos un trato. Yo os doy algo a cambio de que os olvidéis de mí y dejéis de pasaros el día cuchicheando como un grupo de viejos aburridos.

—No hay nada que nos puedas dar, bruja —se atrevió a decir Edu Mohoso.

—Te equivocas. Sí que hay algo.

Los niños la miraron expectantes. Tanatia sintió que la palabra acudía a su boca sin que pudiera evitarlo.

—Arte —algo hablaba a través de ella, algo que nunca había sabido que estaba allí.

—¿Arte?

—¿Arte?

—¿Arte?

—¿Qué es eso que dices?

–¿Arte? –repitió Tanatia mirando a su alrededor.

Sintió un destello de pánico. Acababa de decir algo que no quería. Ni siquiera estaba segura de sobre qué hablaba.

En ese momento, el capitán Speedy dio un manotazo en el aire y se deshizo del dibujo de Tanatia, que voló hacia el círculo en el que se agrupaban los chiquillos. El papel se balanceó en el aire como un columpio vacío y lentamente aterrizó en el suelo. Todos clavaron la mirada en la suculenta tarta de chocolate que había dibujada en el papel y se apelotonaron alrededor del dibujo, salivando de apetito.

–Una tarta de chocolate... –susurró Lapicero, con una nostalgia que revelaba años de hambre.

–Con pedacitos de chocolate...

–Y bizcocho de chocolate...

Tanatia puso los ojos en blanco.

–Oh, basta. Está bien –exclamó–, decidme cómo se va a la cocina.

Esa noche, en el barco *Cortavientos* sucedieron tres cosas memorables. Tanatia cocinó una tarta de chocolate para un grupo de niños harapientos, y descubrió una nueva sensación muy parecida a la felicidad cuando los vio devorarla con entusiasmo; los niños decidieron aceptar que tal vez Tanatia no fuera una bruja sino una excelente cocinera, y que valía la pena no pasarla por la plancha; y el capitán Speedy consiguió hacer sonar la quena una sola vez, antes de desmayarse (tras veinte intentos) por hiperventilación pulmonar.

27

Marcos abrió los ojos, cegado por los primeros rayos del sol. Tenía las manos aún calientes. Casilda dormía con la cabeza en su regazo, el abuelo Junior se había acurrucado en su costado y Buddy apoyaba su enorme pico sobre ellos. Marcos cubrió la estrella con la tela negra. No estaba muy seguro, pero tenía la sensación de que debía protegerla de la luz del sol. Casilda abrió los ojos y bostezó. Unos segundos después, clavó la mirada en Marcos y abrió la boca para decir algo.

–Tú...

–¿Sí?

–Nada, déjalo –susurró Casilda contemplando los mechones de pelo blanco en la cabeza de su amigo.

Buddy sacudió las alas y abrió su enorme pico. El abuelo Junior se frotó los ojos y miró hacia arriba.

–Aún nos queda un buen trecho –murmuró–. Chico, ¿qué le ha pasado a tu pelo?

–¿Mi pelo? –preguntó Marcos.

–Está lleno de mechones blancos.

Marcos se llevó la mano a la cabeza. El abuelo Junior lo miró, preocupado. Calculaba que Marcos debía de andar por los treinta años, Casilda por los veintitantos, y él...

Sacó el reloj de arena y vio los escasísimos granos que se resistían a caer por el embudo.

—Venga, dame la estrella; la llevaré yo.

Marcos tendió el pañuelo negro al abuelo Junior y se llevó las manos a la cabeza.

—¿Mi pelo está blanco? —repitió poniéndose en pie.

—No es solo tu pelo. También pareces mayor —observó Casilda rindiéndose a la evidencia.

—Lo mismo que tú.

—¿Yo? —exclamó Casilda llevándose las manos a la cara. Luego arrugó el entrecejo y dejó caer los hombros—. Bien. Ahora, a seguir subiendo. Qué divertido, oye. Me encanta. Me lo estoy pasando como nunca —refunfuñó poniéndose en marcha.

Marcos la vio alejarse escaleras arriba mientras escuchaba sus quejas.

—Mira, chico: de ahora en adelante, nadie más que yo puede llevar la estrella, ¿entiendes?

Marcos observó al anciano. Parecía más viejo que nunca. Sus ojos se habían empequeñecido tanto que apenas podía ver el movimiento de sus pupilas.

—¿Por qué? La estrella... El frío... No podrá... —tartamudeó Marcos, intentando reunir todos los motivos por los que debía protestar.

—Sí, creo que sí podré. Aún me queda algo de tiempo. Pero debemos darnos prisa.

De nuevo emprendieron la penosa escalada. Era evidente que, desde que habían abandonado la casa, todos envejecían mucho más deprisa. Marcos se sintió culpable: él era el responsable, y tenía que encontrar la manera de repararlo todo. En cuanto llegaran arriba, ayudaría al abuelo Junior a bajar... Se detuvo en ese pensamiento. Bajar. Los toboganes tenían una rampa por la que los niños disfrutaban deslizándose. Pero este tobogán era altísimo, así que la rampa debía de ser larguísima. Hasta entonces, su objetivo había sido llegar hasta allá arriba; pero había olvidado que, una vez estuviera arriba, tendría que bajar. ¿Cómo sería aquello?

En lo alto del tobogán, densas nubes oscuras rodeaban la cumbre. A pesar de que algunos rayos de sol conseguían agujerearlas como lanzas de luz, el viento era frío y la barandilla del tobogán estaba cubierta de escarcha. A esta altura los escalones comenzaban a ser peligrosos, pues una fina capa de hielo los hacía resbaladizos. Marcos estaba seguro de que la cosa iría empeorando a medida que fueran alcanzando el final.

Al cabo de dos horas de ascenso, apenas habían conseguido subir un corto trecho. Un viento frío y cortante como el filo de una buena espada lo hacía cada vez más difícil. Sin embargo, no todo eran dificultades. Los escalones ahora eran más largos y anchos, y eso ayudaba a que Marcos caminara junto al abuelo Junior mientras Buddy los escoltaba.

La Muerte se puso en pie para recibir a su capa.

–BIEN: HAS REGRESADO, Y ESO QUIERE DECIR QUE LA CHICA HA ENCONTRADO AL NIÑO.

La capa se inclinó haciendo una reverencia. Luego se abrió de par en par para que La Muerte pudiera mirar dentro de ella.

Sobre la tela se formó una imagen.

–AH, UNA PROYECCIÓN ASTRAL –exclamó La Muerte con un atisbo de ilusión–. HACÍA TIEMPO QUE NO VEÍA UNA.

La imagen vibró hasta hacerse más nítida sobre el fondo ahora plateado de la capa. Los ojos de La Muerte centellearon dentro de sus cuencas vacías. Observó atentamente la escena y suspiró con un sonido parecido al de un silbido.

–LOS ACCIDENTES SIEMPRE SON TAN IMPREVISIBLES...

28

Marcos subía muy callado mientras seguía con la mirada al abuelo Junior..

Más allá, aún lejos de la cumbre, el barco del capitán Speedy se acercaba lentamente.

–Tal vez allá arriba mejore el tiempo –dijo Marcos, no muy convencido.

Casilda los esperaba sentada en un escalón que ya estaba cubierto de nieve.

–Tengo el culo helado –refunfuñó en voz baja–. Y estos malditos escalones no se acaban nunca –añadió con desánimo. Su pelo comenzaba a estar cubierto de una fina escarcha, la misma que apretaba su puño contra el tobogán haciendo crujir los hierros.

Casilda alargó una mano para ayudar al abuelo Junior a alcanzar el escalón número 669 H. Marcos apuntó el número y la letra en su hoja de papel, y se la guardó en un bolsillo. Luego miró los nudillos de su amiga, cuarteados por el frío, y apoyó su mano sobre las de ella.

–Tienes las manos heladas –protestó Casilda.

–Lo siento –contestó Marcos apartándolas.

–Aunque un poco menos frías que las mías –aclaró ella.

Marcos, galante, hizo ademán de quitarse la chaquetita.

–Ni se te ocurra –le detuvo Casilda–. No quiero que te cojas un resfriado. Lo único que me faltaba es tener que cuidar de un... hombre.

Miró la barbilla de Marcos, poblada de pelos negros y duros como escarpias. Marcos se llevó la mano a la cara.

–Pican –dijo.

–La verdad es que no entiendo nada –admitió Casilda, desanimada–. Es como si todo estuviera hecho un lío. Yo solo quería aprender a volar.

–Yo quería hacer pasatiempos –recordó Marcos–. Ella los hacía cada día...

–¿Ella? –preguntó Casilda sintiendo una punzada de celos absurdos.

–Mi niñera. Tanatia –recordó Marcos–. Sabía hacer sopas de letras y rellenar crucigramas. Parecía tan fácil... Pero nunca me enseñó.

Se detuvo unos segundos, sin pestañear.

Sacó la hoja y la estudió con atención. Había huecos, espacios vacíos, números y letras. Tras ordenarlos, se dio cuenta de que el primer escalón era el que había tenido el número más alto: el mil. Así que tal vez ese fuera el último número y no el primero, como él había pensado. Considerando esto, podía suponer que era el número de escalones que tenía el tobogán. Contó los huecos vacíos y calculó que les faltaban unos trescientos

escalones para llegar a la cumbre. Aún eran demasiados. Miró al abuelo Junior y se dijo que no sería capaz de hacerlo, pero se guardó de decir nada. Dobló cuidadosamente la hoja de papel y se la metió en el bolsillo.

–Te estaba hablando –protestó Casilda.

–Perdona; tenía algo importante que hacer –se excusó Marcos.

–¿Aquí, en un escalón cubierto de hielo? –respondió Casilda con escepticismo–. Aquí no tenemos nada que hacer.

Marcos sonrió.

–Tal vez sí.

Se miró las manos, mucho más grandes de lo que él las recordaba. Sus piernas estaban llenas de pelos, además del que le había salido en el mentón y las mejillas. Miró a Casilda. Casilda le devolvió la mirada, luego se puso colorada y miró hacia otro lado. Marcos sonrió; su corazón hizo pitipim, pitipim, y eso le gustó.

Casilda fingió un estornudo y Marcos tosió un par de veces.

Entonces, Casilda lanzó una exclamación.

–¡Allí! –señaló con un dedo tembloroso.

No muy lejos del tobogán, y bajo las luces del atardecer, se podía ver el barco del capitán Speedy y sus inconfundibles globos de colores. En el cielo negro ondeaban luces violetas, azuladas y moradas, que aparecían y desaparecían mientras el *Cortavientos* las partía en dos.

Por una vez, a Marcos le pareció que el barco era magnífico y que ser uno de sus tripulantes no habría sido tan mala idea.

El abuelo Junior les hizo un gesto para que se pusieran en pie.

—Vamos, deprisa. No tenemos tiempo que perder.

La Muerte volaba sobre la ciudad de A Lo Lejos mientras silbaba suavemente. A pesar de que el aire se le escapaba entre los dientes, tras siglos de práctica había conseguido algo parecido a un silbidito y por lo general, cuando estaba de buen humor, entonaba cortas melodías desprovistas de cualquier atisbo de felicidad o alegría. Casi todas sonaban a marchas fúnebres o partes de un solemne réquiem dieciochesco. No es que lo hiciera adrede, no. Pero en su naturaleza no existían tonalidades mayores. Como se repetía ella misma, el negocio imprimía el carácter de las personas, y su negocio no era propenso a hacer felices a los demás.

Surcó el cielo bajo la luz del atardecer, silenciosa como una sombra, tan solo visible para los pájaros que la atravesaban, inevitablemente asombrados, y para algunas personas que se metían en cosas en las que los humanos no deben interferir. Consultó uno de los relojes de arena que llevaba en el interior de su capa. El sonido de todos ellos recordaba al rugido del mar sobre la arena. Eligió uno en el que apenas quedaban varios minúsculos granitos por caer.

—BUENO.

Y no dijo nada más.

29

El capitán Speedy deambulaba nervioso por la cubierta del barco.

No podía dejar de pensar en Tanatia. Tenía ganas de hablarle de su vida, de contarle sus aventuras, de velar junto a su cama durante toda la noche; tenía ganas de mirarla durante horas y de otras cosas que, por pudor, no se atrevía a contarse ni a él mismo. Pero ¿por qué?

Gracias a Dios, esa nueva pregunta había eclipsado temporalmente la cuestión de los dedos de los pies.

Will se cuadró frente a él.

–¡Capitán! –dijo.

–Descanse, marinero –contestó Speedy sin prestarle mucha atención.

A lo lejos, bajo la luz de la luna, resplandecía el tobogán. El capitán le echó una rápida mirada y trató de no pensar en la promesa que le había hecho a Tanatia. Era cierto que por ella era capaz de cualquier cosa. Cierto y desconcertante. Pero un pirata sin un tesoro, ¿en qué se convertía?

Will también reparó en el enorme tobogán al que se iban aproximando.

—¡¿Capitán?! —repitió con un tono más apremiante que antes, mientras lo señalaba—. ¡Nos acercamos de nuevo a ese monstruo!

Speedy hizo un gesto con la mano para que se calmara.

—Ya, ya...

—¡Pero, señor, ese tobogán está lleno de peligros!

El vigía gritó:

—¡Tierra a la vista!

Y todos sintieron el frío.

Y la noche.

Y los ligeros copos de nieve que caían sobre ellos a medida que se aproximaban a la cumbre, pues el barco aceleraba su rumbo como lo haría un clavo atraído por un imán.

La Muerte aterrizó con gracia sobre la explanada de hielo y nieve, y miró a su alrededor. A pesar de los siglos que llevaba haciendo esto, aún conservaba la esperanza de que alguien la viera y tal vez... ¿le aplaudiese? Sacudió la cabeza, haciendo acopio de sensatez, y recorrió la infinita plataforma desde la que multitud de rampas se deslizaban hacia un abajo más abajo de lo que normalmente hay abajo. Luego se sentó plácidamente sobre un montoncito de nieve congelada.

—ES RECONFORTANTE ESTAR AQUÍ DE NUEVO —se dijo.

Sacó el reloj de arena y lo miró con curiosidad. Los miserables granitos que quedaban a un lado del embudo se resistían a caer.

–LA TERQUEDAD SOLO ES PROPIA DE LOS HUMANOS Y DE CIERTAS PLANTAS QUE SE EMPEÑAN EN CRECER A PESAR DE LAS INCLEMENCIAS –reflexionó con nostalgia.

Apoyó la mandíbula sobre las manos huesudas y esperó.

Marcos llevaba la cuenta. Les quedaba un centenar de escalones. El abuelo Junior estaba de color azul; Marcos notaba que les faltaba el aire, y la figura de Casilda, un par de escalones más arriba, se le desdibujaba. Se frotó los ojos y dio un nuevo empujoncito al abuelo Junior. Este levantó un pie que intentó apoyar sobre el siguiente escalón, pero la suela resbaló sobre el borde helado y el anciano se tambaleó hacia atrás. La oportuna mano de Casilda lo agarró de un brazo, y el pañuelo oscuro donde guardaban la estrella salió despedido hacia lo alto.

Marcos lo vio todo a cámara lenta. Vio el rostro de Casilda abriendo la boca en una larga exclamación, vio el pañuelo dar vueltas en el aire y alargó las manos hacia él para intentar atraparlo. El pañuelo giró y la pequeña luz brilló con tanta fuerza a través de él que Marcos cerró los ojos, lo cual no logró ocultar el irremediable hecho de que estaba perdiendo el equilibrio y no lograba volver a asirse a la barandilla.

–VAYA, QUÉ INTERESANTE –murmuró La Muerte.

Acto seguido, buscó entre las misteriosas oscuridades de su capa y sacó otro reloj en el que la arena caía a toda velocidad. La Muerte entornó los agujeros oscuros de sus ojos hasta convertirlos en dos ranuras.

Antes de caer, Marcos consiguió agarrar una de las puntas del pañuelo. Por un segundo se sintió orgulloso de haberlo conseguido, y un segundo más tarde entendió que estaba en el aire y que bajo sus pies solo había vacío.

Pero la ley de la gravedad se rige por la atracción que ejerce hacia las cosas, y las estrellas sienten una enorme atracción por el cielo, muy superior a la que arrastra a los objetos hacia el suelo. Y ya estaban tan cerca del cielo que la atracción hacia él era muy superior a la que arrastra a los objetos hacia el suelo. Por eso el pañuelo tiró hacia arriba y Marcos sintió que, en lugar de caer, subía.

Tanatia prestó atención a la repentina luz que surcaba el cielo sobre ellos. Le arrebató al capitán Speedy el catalejo que llevaba colgado del cuello y miró por él. Tras esa estela volaba un hombre al que habría reconocido aunque todas las edades del ser humano hubieran caído sobre él. Sobre todo porque Marcos, en un acto reflejo que a él mismo le sorprendió, gritó a todo pulmón:

–¡Tanatiaaaaaaaaaaaaaaaaaaaa!

30

Tanatia caminó hacia el timón con paso decidido.

–¡Todo el mundo a remar! ¡Si perdemos esa estela, hundiré este barco con toda su tripulación a bordo! –tronó.

Speedy había tardado en reaccionar. Se acercó con sigilo a Tanatia y le susurró:

–No entiendo nada.

–¿Ves esa estrella?

–Sí.

–Pues en esa estrella viaja un niño, y tengo que ir a por él.

–Creo que debería guiar yo el barco –contestó Speedy cuando el barco se volteó hacia la derecha y todos tuvieron que agarrarse al primer objeto sólidamente adherido a la cubierta que pudieron encontrar.

Tanatia dio un nuevo golpe de timón. El barco describió una curva tan cerrada que los chiquillos reunidos en cubierta rodaron desordenadamente hasta quedar aglutinados contra la popa del barco, en un maremágnum de pies, brazos y piernas esqueléticas.

–Querida, presiento un accidente si continúas manejando el barco de esa manera –dijo Speedy recuperando la vertical.

–Gracias, muy amable. Ahora, sigue a esa estrella –le ordenó Tanatia, soltando el timón y mirándose con disgusto las rojeces de las manos–. Y no se te ocurra perderla. No sé qué estará tramando Ella, pero no es nada bueno; de eso estoy segura. ¿No podemos ir más deprisa?

–¡Remeros a sus puestos! –bramó Speedy con toda la fuerza de sus pulmones.

Pero los chiquillos no se movieron: estaban muy atentos al diario de Tanatia, que, con tanto zarandeo, había caído de uno de sus bolsillos hasta rodar por la cubierta e ir a parar a manos de Will.

Will iba pasando una página tras otra. Los niños ahogaban exclamaciones o, simplemente, las dejaban salir de sus bocas.

–Ahhh...

–Ohhh...

–Mira esta...

Tanatia había olvidado su diario por unos minutos, pero por nada del mundo estaba dispuesta a perderlo. Tras palparse los bolsillos, miró a su alrededor y reparó en las figuras que, como el humo de un cigarrillo, salían del diario que sostenía Will: siluetas de colores, personajes que ella conocía con la exactitud de los dedos de su mano. Se detuvo perpleja, asombrada y maravillada hasta que se dio cuenta de que esa maravilla eran sus dibujos.

—Magia... —murmuró.

—¡Allí! —exclamó el capitán Speedy con voz atronadora, y todos dirigieron la mirada en la dirección que señalaba el dedo tembloroso.

Marcos volaba a toda velocidad, agarrado a la punta del pañuelo en el que viajaba la estrella. Pero lo que había llamado la atención del capitán no era Marcos ni el tentador brillo que dejaba a su paso, sino los nubarrones oscuros hacia los que se dirigía. Sus formas recordaban a monstruosas figuras: leones, grifos, serpientes, remedantes, atronadores, tajadores y algún que otro rostro que al capitán le resultaba familiar, aunque no recordaba exactamente por qué.

Pero la más horripilante figura, la que encabezaba el grupo, era la cara de un anciano desdentado de barbas mefistofélicas y ojos crueles, que mantenía la boca abierta y escupía relámpagos y sonidos atronadores. Un estremecimiento hizo chirriar las maderas de cubierta, y todos temblaron.

—¿Qué demonios es eso? —preguntó Tantia señalando la terrible figura en el cielo.

—Gargantúa.

—¿Cómo has dicho?

—Gargantúa.

—Ya. Sí, sí, lo he oído. Pero ese nombre no significa nada para mí.

—Gargantúa es el que lo come todo: el Guardián del Cielo de las Almas.

—No sé de qué me hablas —repuso Tanatia entornando los ojos.

Algo en su cabeza le avisaba de que esas nubes estaban hechas de la misma sustancia que aquella niebla que había hecho desaparecer el parque y los escalones del tobogán.

—No podemos acercarnos a él —dijo Speddy encogiéndose de hombros con impotencia—. Si lo hacemos, se comerá el barco con todos nosotros dentro.

—Y si no lo hacemos, se comerá a Marcos —replicó Tanatia, sin perder de vista el inevitable rumbo que arrastraba a Marcos hacia la bocaza.

—¿Quién es Marcos? —preguntó Speedy ligeramente celoso.

—Él —contestó Tanatia señalando la estela.

Speedy miró a través del catalejo, frunció el ceño y sacudió la cabeza.

—¿Me has hecho guiar este barco para salvar a tu enamorado?

—No seas tonto —resopló Tanatia—. Marcos es solo un niño de cinco años. Pero, por algún extraño hechizo, ha crecido —añadió—. Sin embargo, sigo siendo su niñera y debo devolverlo a su casa sano y salvo.

—No me meteré en esas nubes —contestó Speedy con tozudez.

Tanatia pensó que esta vez no iba a poder convencerle y se dejó caer con desánimo sobre unas gruesas cuerdas.

—Era importante que yo le protegiera —recordó—. Su madre me lo había pedido, y a cambio, yo... ahorraba para un...

De pronto tuvo la sensación de que ya no iba a necesitar el ataúd.

–¿Para un qué? –preguntó Speedy.

–Nada, para una caja de madera –dijo Tanatia poniendo en marcha su cabeza.

–¿Y para qué querías una caja de madera?

–Para meterme dentro –contestó Tanatia poniéndose en pie con decisión.

–Puedes meterte en mi baúl, si quieres –le ofreció Speedy.

–Tu baúl está lleno de... –Tanatia se interrumpió–. Quizá aún podamos hacer algo –añadió pensativa–. ¡Sacad las mangueras! –ordenó.

Los ojos de Speedy centellearon.

–Cazaremos esa estrella –dijo.

31

El abuelo Junior no perdía de vista la estrella, mientras se afanaba en seguir subiendo los escalones.

—¿Qué ocurre? ¿Hacia dónde va Marcos? —preguntó Casilda entre jadeo y jadeo.

—Hacia las almas —contestó el anciano con un resuello.

—¿Y eso es malo?

—Ningún humano vivo puede visitar el lugar donde viven las almas. ¿Lo entiendes?

El corazón de Casilda dio un brinco y, en ese instante, un trueno parecido a una cruel carcajada hizo vibrar los escalones. Casilda clavó la vista en la luz, que iba dejando un camino luminoso paralelo al tobogán. Allí, en lo alto, estaba su amigo Marcos frente a algo diabólico, malvado y peligroso. Y ese niño, ese chico, ese muchacho, ese hombre, fuese lo que ahora fuese, le importaba. Sí, le importaba tanto o más que sus globos de colores (que, por cierto, ya no le importaban un pimiento).

Ahora los escalones eran puro hielo, y la barandilla estaba tan resbaladiza y fría que quemaba al contacto con la mano. El abuelo Junior exclamó:

–¡Lo hemos conseguido! –y alzando un brazo alcanzó el último escalón, que se extendía hacia todos los lados creando una enorme plataforma parecida a una pista de hielo. Casilda le dio un empujón final y ambos, exhaustos, se desplomaron sobre el suelo helado.

Marcos se acercaba más y más al banco de nubes. Una de ellas le esperaba como merienda, de eso no le cabía la menor duda. Hizo un enorme esfuerzo por frenar la inercia que arrastraba a la estrella hacia la boca de aquella figura.

–NO PUEDES PASAR –rugió la boca.

–La verdad es que no quiero, pero no sé cómo pararla –se atrevió a explicar Marcos.

–TIENES QUE SOLTARTE.

–Pero si me suelto me caeré, y si me caigo moriré.

–SOLO LAS ALMAS PUEDEN ATRAVESAR EL TÚNEL. SI ENTRAS, JAMÁS SALDRÁS VIVO.

–O sea, que muerte o muerte –contestó Marcos con sarcasmo.

Y sin embargo, sintió que la decisión era fácil: entre dos cosas iguales solo hay que elegir la que sea diferente, le había explicado Tanatia un día en el que Marcos había agotado su paciencia intentando decidir cuál de los dos algodones de azúcar de la feria quería llevarse. El asunto se resolvió con una bolsa de palomitas que no se parecía en nada a los algodones, pero que zanjó las dudas de Marcos rápidamente y le enseñó que a veces no hay que pensárselo mucho.

–Elijo vida –dijo Marcos, y en ese mismo instante le golpeó un potente chorro de agua fría y se soltó de la estrella.

Luego sintió que caía...

... y cerró los ojos.

El *Cortavientos* se sacudió al chocar contra la superficie helada del final del tobogán. El capitán, atento al disparo de agua, había perdido el rumbo. El barco se arrastró sobre el hielo con un chirrido, levantando virutas transparentes y finas como los bigotes de un gato y abriendo una fina grieta a su paso antes de detenerse. Fue un crujido estremecedor que sacudió al abuelo Junior, a Casilda, a Buddy y hasta a la propia Muerte, cuyos huesos sonaron como una bolsa de bolos arrojada al suelo.

Tanatia seguía atenta la caída de Marcos mientras intentaba saltar por la borda. El capitán Speedy, muy juiciosamente, la agarró de la falda para impedir que se tirara de cabeza desde una altura de unos cinco metros.

–¡Eh, tú! –gritó Tanatia dirigiéndose a La Muerte, que continuaba sentada sobre el bloque de nieve helada.

Había conseguido zafarse de Speedy, y ahora bajaba por la escalerilla de cuerda que colgaba de un lateral del barco. Su paso fue firme cuando pisó el hielo y se plantó frente a La Muerte.

–¡Tienes que salvarle! –exigió Tanatia a la alta figura encapuchada.

–USA TUS HABILIDADES.

–¿Mis habilidades? ¿De qué demonios me hablas?

La Muerte hundió los dedos en la capa y acto seguido extendió hacia Tanatia una hoja de papel.

–CREA.

Tanatia miró el dibujo y entonces lo supo. No supo cómo lo supo, pero lo supo.

–Crear... –murmuró.

Will sostenía el diario entre sus manos mientras seguía la conversación que escuchaba dentro de su cabeza, sin saber por qué. Entonces, el diario se le escapó de las manos como un pájaro agitando las alas y cayó al pie de Tanatia. Las hojas coloreadas se abrieron mostrando los dibujos.

–¡Claro! ¡Crear! ¡Yo sí sé crear! –exclamó Tanatia dándose una palmada en la frente. Abrió una página en blanco y afiló sus lápices de colores a toda prisa. Empuñó el primer color y se detuvo. ¿Qué podía dibujar?

–Globos –dijo Casilda, sentada a su lado–, puedes dibujar globos. Eso ayudará. Puedes dibujar los míos; ya no me importan, de verdad. Te los doy todos.

Tanatia miró la hoja y asintió.

32

El abuelo Junior sentía los latidos de su corazón como los pasos de alguien que se va alejando poco a poco. Estaba sentado sobre el hielo, temblando de frío, cuando La vio.

Agachó la cabeza. Ella se detuvo a su lado y le ofreció la mano. Él estrechó los huesos, avergonzado.

–Lo siento. He fracasado.

–¿FRACASAR…? SÍ, ESA ES UNA PALABRA QUE HACE DESGRACIADA A LA GENTE. PERO IGNORÁIS QUE NADIE FRACASA: ES UNA CUESTIÓN DE FOCO.

–¿De foco? –repitió el abuelo Junior con un hilo de voz.

–¿CREES QUE LA LUNA FRACASA PORQUE SE RETIRA CUANDO SALE EL SOL?

–No, no lo creo.

–NO LO CREES PORQUE ACEPTAS LA NOCHE CUANDO ES DE NOCHE Y EL DÍA CUANDO ES DE DÍA. SI QUISIERAS HACER LO CONTRARIO, TE SENTIRÍAS MUY FRUSTRADO. BUSCAR EL DÍA EN LA NOCHE ES UNA ABSOLUTA MAJADERÍA. CADA COSA TIENE UN MOMENTO, UNA DURACIÓN, UN PRINCIPIO Y UN

FINAL. EL MISTERIO ES SABER RECONOCER TODO ESTO. CUANDO LO ENTIENDES, LA PALABRA «FRACASO» NO EXISTE.

—No lo entiendo —dijo el abuelo Junior.

—ESO NO IMPORTA AHORA. LAS PALABRAS NO SON NADA. DENTRO DE POCO LO COMPRENDERÁS.

El corazón del abuelo Junior dio su último paso. El anciano cerró los ojos. Una pequeña luz salió de sus labios y se refugió en la capa de La Muerte.

—No es tan malo —dijo la luz.

—NUNCA DIJE QUE LO FUERA. DESPUÉS DE TODO, LA MUERTE ES SOLO UN SÍNTOMA DE QUE HUBO VIDA —recordó La Muerte cerrando la capa.

Tanatia miró su dibujo. Casilda, a su lado, sonrió satisfecha.

—¿Y ahora? —preguntó Casilda.

Tanatia se rascó la cabeza y recordó el dedo del capitán Speedy atravesando el dibujo. No, no era así. Aunque La Muerte lo hubiera hecho, estaba segura de que no era así como funcionaba.

Entonces, ¿cómo era la magia de sus dibujos?

Esperó unos segundos a que el dibujo saliera flotando del papel, como había visto cuando los chiquillos habían hojeado el diario. Pero nada sucedió. Luego, furiosa, lo lanzó con todas su fuerzas. El papel dio unas torpes vueltas en el aire antes de caer sobre el hielo y empaparse. Los colores se mezclaron unos con otros y dejaron un manchurrón sobre el suelo helado.

—¿Qué ha pasado? —preguntó Casilda.
—No lo sé —admitió Tanatia, sorprendida y furiosa.
—¿Por qué no funciona?
—¡No lo sé!
Casilda se llevó el puño a la boca y ahogó un gemido.
En ese momento, Marcos pasó de largo junto a la plataforma del tobogán. Fue el sonido de algo muy pesado que caía a gran velocidad.
Casilda se arrodilló sobre el hielo e intentó recomponer el dibujo, pero el papel se deshizo entre sus dedos y el frío le endureció las manos. Dejó caer la cabeza sobre el pecho y comenzó a llorar.
—Pero yo le quiero, yo quiero a Marcos. No puede ser, no puede ser.
Una lágrima, una sola lágrima, cayó sobre los colores.
La primera lágrima que Casilda derramaba por algo que no fuera ella misma.
Ni sus globos.
Y eso es lo que distingue el amor de las demás cosas: que obra milagros.

Marcos abrió los ojos. A sus pies, todo era oscuridad mientras seguía cayendo.
—¿Voy a morir? —se preguntó.
Plop, plop, plop.
La caída se hizo más lenta.
Plop, plop, plop. Un petardeo estallaba sobre su cabeza.

Miró hacia arriba. Atados a sus muñecas, un centenar de globos de colores se inflaban como granos de maíz calientes.

Plop, plop, plop, plop.

¿Casilda?, pensó Marcos, y un globo –uno muy grande– tiró de él hacia arriba con fuerza.

Casilda estaba sentada junto a Tanatia cuando lo vio.

Se secó las lágrimas con los puños cerrados por el frío y sonrió.

Marcos descendía lentamente sobre el hielo a medida que iba soltando uno a uno los globos.

Casilda corrió hacia él, resbaló, patinó sobre el trasero y chocó contra Marcos. Este agitó los brazos en un intento por guardar el equilibrio y terminó cayendo junto a Casilda.

–Ups.

Casilda le abrazó con fuerza.

–¡Estás vivo!

Marcos sonrió y su corazón se aceleró un poquitito, como un tren ganando velocidad al salir de la estación.

–Picas –susurró Casilda sin separar su mejilla de la de Marcos.

–Es la barba –se disculpó Marcos.

Casilda le dio un beso. Luego se separó, se puso colorada, volvió a abrazarle y volvió a separarse.

–Vaya, vaya...

Tanatia estaba junto a ellos y observaba a Marcos con curiosidad y extrañeza.

–Te has convertido en un hombre.

–Hey, hola, Tania.

Tanatia entornó los ojos sin pestañear e inclinó la cabeza hacia un lado.

–¿Cuántos años tienes?

–Ni idea –contestó él encogiéndose de hombros.

–Eso suponía –repuso Tanatia, dirigiendo su atención a la oscura y alargada figura que permanecía de pie junto al abuelo Junior.

–Lo conseguí, Tania.

–Sí, ya, ya... ¿Qué demonios conseguiste, además de obligarme a subir hasta aquí arriba a bordo de una capa voladora y de juntarme un puñado de majaderos que viajan en un barco flotante?

–Conseguí salvar una estrella –reflexionó Marcos, sin estar seguro del valor de lo que había hecho.

–Ah, eso. Lo olvidaba –dijo Tanatia, recordando el arcón del capitán Speedy.

–Bueno, lo conseguimos nosotros y el abuelo Junior... ¿Dónde está el abuelo Junior? –corrigió Marcos mientras oteaba a su alrededor.

De pronto, reparó en la figura de La Muerte; fue una visión fugaz que duró un momento. Luego, en su lugar, vio a Buddy. Estaba de pie junto a algo que a Marcos le pareció un montoncito de ropa vieja: la ropa del abuelo Junior. Del pico de Buddy colgaba una luz brillante.

–¿Abuelo Junior? –dijo Marcos ahogando la pena.

Casilda se llevó una mano a la boca y dejó caer una lágrima. Tanatia detuvo a Marcos sujetándole del brazo.

–Te recomiendo que no interfieras en lo que le ha pasado a tu amigo, sea quien sea. Ella solo está haciendo su trabajo –le susurró con dureza.

–¿Ella? ¿Quién es Ella? –preguntó Casilda enjugándose una lágrima.

–Su jefa –dijo Marcos, con la certeza de que al fin sabía de quién se trataba.

Buddy giró el largo cuello un segundo. Luego desplegó las alas y se elevó hacia el cielo.

Casilda y Marcos siguieron con la mirada el vuelo de Buddy y la pequeñísima y brillante luz que resplandecía en su pico

–No es justo –dijo Marcos con los ojos inundados de lágrimas.

–No se trata de justicia, sino de tiempo –explicó Tanatia sin perder de vista al pájaro.

–¿Y ahora qué haremos? –se preguntó Marcos.

Tanatia entornó los ojos y escrutó la plataforma hasta que La vio. La Muerte le devolvió la mirada, pero no se movió. Tanatia supo que aún tenía algo pendiente con Ella.

–Ahora tenéis que volver a casa –dijo.

–¿A casa? ¿Cómo? –preguntó Casilda.

–Esperadme aquí.

33

La Muerte estaba sentada y se miraba las manos fijamente. Lo cierto es que siempre le sorprendían. No terminaba de acostumbrarse a ellas. Las manos eran lo único de su cuerpo cuyo recuerdo conservaba. Había tenido unas manos bonitas, sí. Y útiles, aunque no recordara para qué las usaba. Suspiró largamente, dejando salir una cortina de vaho que se convirtió en una estela fina de hielo, crujió, se quebró y cayó al suelo.

Una leve brisa le trajo los primeros rayos del sol. Un calorcito muy agradable se coló entre sus huesos, sustituyendo las estrellas azuladas y frías de la noche por un resplandor cálido, y en ese breve instante La Muerte se sintió feliz. El leve aliento de la vida pasó suavemente sobre ella.

–POR FIN HA LLEGADO EL MOMENTO.

–¿Y bien? –Tanatia se detuvo frente a La Muerte con curiosidad.

A la luz de los primeros rayos del sol, le parecía un poco diferente. Los huesos centelleaban y a ratos podía ver sobre ellos la forma etérea de un brazo o un rostro, un torso, unas piernas. Era algo que iba y venía, como una cortina de velos que se deslizaran sobre ella.

–ME ESTÁS PISANDO LOS DEDOS DE LOS PIES –contestó La Muerte, molesta.

Tanatia retrocedió un paso y se disculpó:

–Es que, con este frío, yo ya no me siento los míos.

–YO, EN CAMBIO, SÍ. Y MUCHO. DESDE HACE UN RATO YA NO ME SIENTO TAN... MUERTA, DIGAMOS. ¿ENTIENDES?

–No –contestó Tanatia sin tener ni la más remota idea de a qué se refería.

–¿ES POSIBLE QUE AÚN NO TE HAYAS DADO CUENTA?

–¿Darme cuenta de qué?

–DE QUE YA NO ESTÁS VIVA.

Tanatia tragó saliva. Luego pensó en su ataúd Nuevo Amanecer. Luego volvió a tragar saliva y de pronto no tuvo miedo.

–Bien, pero aunque así fuera... Aún tengo algo que hacer.

–SÍ, ESO ME TEMÍA –contestó La Muerte con resignación al recordar la tozudez de la muchacha.

Tanatia miró a Marcos y a Casilda. Los dos caminaban sin rumbo por la plataforma, agarrados de la mano.

–¿Recuerdas el chiquillo que tenía que rescatar? –preguntó Tanatia.

–PERFECTAMENTE. PERO YA NO ES UN CHIQUILLO.

–Veo que no pierdes detalle. Aunque eso ya no importa. Él tiene que regresar a su casa. Se lo prometí a su madre, y yo siempre cumplo mis promesas.

–NO CREO QUE PUEDAS CUMPLIR ESTA. ES IMPOSIBLE BAJAR DE AQUÍ ARRIBA.

–Las leyendas dicen que no lo es.

–¿LEYENDAS?

–Sí. La gente habla de una rampa muy larga por la que te puedes deslizar. Yo te vi sentada al pie de ella, ¿recuerdas?

–¿LA LEYENDA DICE ALGO MÁS SOBRE ESA RAMPA? –preguntó La Muerte con un brillo de burla en los ojos.

Tanatia sabía perfectamente a qué se refería La Muerte, pero también sabía que no podía dejar a Marcos ahí arriba. Estaba dispuesta a arriesgarse a que el final del viaje de Marcos fuera aterrizar viejo y cansado en el mismo parque en el que había comenzado su aventura siendo un niño.

–Sí, la leyenda dice muchas cosas. Pero nadie las ha comprobado, aunque todos creen esas ridículas historias. ¿Puedes dejar de hacer eso? No consigo concentrarme en lo que quiero decir –pidió Tanatia, que podía ver perfectamente cómo algo etéreo parecido a una figura humana comenzaba a sustituir al manojo de palillos blancos, haciéndolos desaparecer.

–ME TEMO QUE NO PUEDO EVITARLO: ES UNA TRANSFIGURACIÓN DE PRIMER GRADO HACIA LO CORPÓREO.

–¿Qué te pasa? ¿Por qué parece que estás borrosa? Quiero decir, ¿por qué están desapareciendo tus huesos?

–NO LO PARECE: DE HECHO, ESTOY DESAPARECIENDO.

–Pero no puedes desaparecer. Tú eres La Muerte.

–¿ACASO CREES QUE NO TENGO DERECHO A UN MERECIDO DESCANSO? LLEVABA UNA ETERNIDAD ESPERANDO A ALGUIEN COMO TÚ. PARA MI TRABAJO SE REQUIERE MUCHA SANGRE FRÍA Y UNA CIERTA AFICIÓN... TÚ LO TENÍAS TODO.

–¿Yo?

–ES UN BUEN TRABAJO, Y ESTÁ ASEGURADO POR SIGLOS. ADEMÁS, PODRÁS ASISTIR A TODOS LOS FUNERALES.

–Tengo una pregunta.

–PUES DATE PRISA, PORQUE APENAS ME QUEDA TIEMPO.

–¿Desde cuándo estoy muerta?

La Muerte abrió la capa y en la tela se proyectó una imagen. Tanatia vio el parque inundado y a La Muerte rescatándola del agua, o al menos eso era lo que ella había creído. La tela vibró, y los huesos de La Muerte se ondularon como si una ola invisible desarmara el esqueleto de arriba abajo. La capa adquirió el aspecto de la espuma del mar y cayó al suelo.

–¡EH, ESPERA, AÚN NO PUEDES IRTE! NECESITO ALGUNAS INSTRUCCIONES –protestó Tanatia.

Dentro de la capa encontrarás todo lo que necesitas, susurró La Muerte cerca de su oído.

–¿DÓNDE ESTÁ LA SALIDA DEL TOBOGÁN?

De uno de los bolsillos de la capa salió un pequeño pájaro blanco que trinó un par de veces.

–¿MUERTE? –preguntó Tanatia, incrédula.

El pájaro agitó las alas, revoloteó alrededor de ella y luego cruzó la llanura de hielo. Tanatia, sin soltar la capa, corrió tras el pájaro y se detuvo al borde de una rampa.

Miró hacia abajo y se preguntó si aún existirían el parque y la ciudad tal y como los había conocido. No es que los fuera a echar de menos. No. No era eso. Esta había sido una gran aventura, y se sentía orgullosa de ella. Nunca se había sentido tan orgullosa, aunque no lo confesara. Lo mejor que sabía hacer era llorar. Sí. Y al recordarlo, soltó una enorme carcajada que retumbó por todo el hielo. Luego recogió la capa del suelo, se la ató sobre los hombros y atravesó con paso seguro la distancia que la separaba del barco. A fin de cuentas, este era un buen trabajo, tan bueno como cualquier otro. Y ahora podría asistir a todos los funerales sin tener que pedirle permiso a nadie.

Recordó a Amelia, la madre de Marcos.

Aún le quedaba algo por hacer.

34

–¡SPEEDY!

El capitán estaba sentado en su cama, mordisqueándose las uñas, cuando escuchó la voz de Tanatia.

Llevaba un buen rato vigilándola desde la ventana de su camarote. No le gustaba que estuviera tanto tiempo hablando con ese hombre. ¿Por qué se empeñaba en decirle que era un niño?

Tanatia abrió la puerta y lo miró fijamente.

–AH, ESTÁS AQUÍ –dijo, y su voz se dulcificó muy a su pesar. Era algo que le sucedía cuando veía al capitán.

–Eh... Sí. ¿Qué tal por allí fuera? –tartamudeó Speedy sentándose sobre el arcón.

–BIEN, CLARO, TODO MUY BIEN. HIELO Y MÁS HIELO. IDEAL PARA PATINAR.

–¿Por qué hablas así?

–¿CÓMO HABLO? –contestó Tanatia, consciente de que su voz sonaba como si estuviera dentro de una inmensa catedral.

–ASÍ –repitió Speedy–. Y estás monocroma.

–YA. CLARO.

–También llevas ropa nueva.
–SOLO ES UNA CAPA.
–¿Te la ha dado él?
–¿ÉL? ¿QUIÉN?
–Ese hombre con el que hablabas –dijo Speedy mirándose las uñas llenas de roña.

Tanatia lo observó con curiosidad. Sí: el capitán la conmovía profundamente. Speedy carecía de dobleces y recovecos; y a Tanatia le gustaba que las cosas fueran igual que lo que aparentaban ser, a pesar de que las orejas del capitán fueran grandes como puños y sus puños abruptos como rocas, y de que sus pies tuvieran un no sé qué extraño que te hacía mirarlos continuamente.

–TENEMOS QUE HABLAR DEL ARCÓN.

–Ah, el arcón. Sí, claro.
–ME LO PROMETISTE.
–Sí, creo que lo hice.
–UNA PROMESA ES SAGRADA.
–Claro, sagrada. No sé qué es eso de sagrada. Pero suena a comida.

Tanatia se dejó caer en una butaca y la capa se extendió por el suelo, de tal modo que el camarote se oscureció de repente. Speedy, impresionado, admiró el resplandor blanco de la piel de Tanatia en contraste con la noche que parecía haberse colado súbitamente en la habitación.

–Estás muy guapa.
–¿TE LO PARECE? –Tanatia se detuvo en un pensamiento–. ¿NO VES UN SACO DE HUESOS AMARILLENTOS Y BRILLANTES? –preguntó cayendo en la cuenta.
–¿Qué? –el capitán Speedy la miró confundido.

No. Estaba claro que lo que veían los demás no era lo que ella veía.

–NADA, DÉJALO.
–El negro te favorece mucho.
–LO SÉ.

Tanatia pasó los dedos por los colores del dibujo que había salvado a Marcos y sintió el tacto peludito que dejaban sus lápices sobre el papel.

LA VIDA..., pensó. Sí, eso era lo que Ella había dicho cuando Tanatia le había ofrecido uno de sus mejores dibujos a cambio de la capa. ¿Era la vida lo que llenaba sus dibujos de magia?

No, no era eso; no era a eso a lo que Ella se refería.

Recordó las lágrimas de Casilda sobre el dibujo deshecho en el hielo. Era algo más poderoso que la vida.

Era...

... lo que la gente llamaba...

–Te amo –escuchó detrás de ella.

¡Sí! ¡Eso era!

–¿QUÉ HAS DICHO? –preguntó volviéndose hacia el capitán, que temblaba de pies a cabeza y estrujaba el sombrero con las manos.

–Que te quiero.

–CLARO –sonrió Tanatia–. EL AMOR.

–Sí, te amo. Eso es lo que siento, y me siento como si estuviera a punto de coger un catarro.

–ES QUE TIENES FIEBRE –concretó Tanatia, poniéndose en pie y apoyando la mano en la frente del capitán.

–En cambio, tú estás helada.

–YA. SIEMPRE HE TENIDO LA TEMPERATURA DE UN LAGARTO.

–¿Tú me quieres?

–CREO QUE SÍ –contestó Tanatia, abotonando los primeros botones del chaleco del capitán y pensando si sería buena idea arroparle con la capa. Aún no estaba segura de que la capa tuviera efectos revitalizantes sobre los vivos, o más bien lo contrario.

–¿Te marcharás con ese...?

–NO. ME QUEDARÉ CONTIGO. TE NECESITO. TENEMOS MUCHO TRABAJO.

—¿Trabajo?

—SÍ: DEJAR LAS ESTRELLAS EN SU SITIO, RECOGER OTRAS, LLEVARLAS AL CIELO... YA SABES.

—Nos podríamos quedar con unas pocas.

—NO ES NEGOCIABLE.

—Entonces seremos pobres. Un pirata pobre es una deshonra.

—ESO ES UNA TONTERÍA. UNA DESHONRA ES SER UN LADRÓN.

—Es verdad.

—ME ALEGRO DE QUE OPINEMOS LO MISMO.

Speedy se levantó del arcón y abrió la tapa. Tanatia miró hipnotizada el centenar de doradas puntas de alfiler que brillaban hundidas en la oscuridad.

—¿CUÁNTAS HAY AHÍ DENTRO?

El capitán Speedy carraspeó, tosió y luego dijo:

—Muchísimas. Por lo menos, más de diez.

Tanatia lo miró un segundo con incredulidad.

—¿MÁS DE DIEZ? ¿Y ESO TE PARECE MUCHÍSIMO? ¿LAS HAS CONTADO?

—Con los dedos de las dos manos, y solo tengo diez dedos.

—¿ME ESTÁS DICIENDO QUE SOLO SABES CONTAR HASTA DIEZ?

—Bueno, he estado ocupado con otras cuestiones de suma importancia —protestó Speedy—. Pensamientos, ¿sabes? —se dio dos golpecitos con el dedo índice sobre el sombrero—. Hay tantos misterios por resolver... Siempre me he preguntado para qué sirven los dedos de los pies —murmuró.

Tanatia sintió una punzada de algo parecido al amor, pero que ella interpretó como un poco de flato o algún gas extraviado.

–PARA USARLOS CUANDO YA NO PUEDES CONTAR CON LOS DE LAS MANOS –contestó, levantándose y haciéndole un gesto al capitán para que le ayudara a levantar el arcón.

Speedy se miró las manos y se contó los dedos. Él, como los demás niños del barco, sabía contar perfectamente hasta diez…, ¿pero acaso había más números después del diez?

–POR SUPUESTO –aclaró Tanatia como si le adivinara el pensamiento, agarrando con las dos manos una de las argollas laterales.

–¿Cuántos? ¿Cuántos números hay? –preguntó Speedy empujando con un hombro el baúl por la escaleras de acceso a cubierta.

–INFINITOS.

–¿Qué es infinito?

–LO QUE NO TIENE FIN. LO QUE PROGRESA ETERNAMENTE.

Y eso sí que lo entendió Speedy, pues era algo parecido a lo que sentía por Tanatia y ningún número del mundo pondría fin a ese sentimiento.

Dicho esto, los dedos de los pies dejaron de ser un misterio para el capitán Speedy y, desde ese día, se le antojaron una de las cosas más bonitas del mundo. Pero jamás volvió a pensar en ellos.

35

Marcos asomó la cabeza por la rampa que se deslizaba hacia abajo. Por más que se esforzaba, no lograba ver el final.

Casilda, a su lado, hizo lo mismo.

–¿Y dices que tenemos que bajar por aquí?

–Eso me ha dicho Tanatia.

–Parece muy muy larga.

–Sí.

Casilda apretó la mano de Marcos con fuerza. El frío seguía siendo tan afilado como una espada, a pesar de que el sol se esforzaba por brillar cerca de ellos.

–¿Estás preparado?

–Creo que sí.

Marcos la miró y sus ojos se alargaron.

Casilda sintió eso que sentía cada vez que Marcos la miraba así.

–Estás muy guapa esta mañana.

Marcos se había fijado en las infinitas arrugas que habían aparecido a ambos lados de los ojos de Casilda, y en los mechones de pelo blanco que ahora se deslizaban sobre sus hombros; en la piel un poquito más áspera de sus manos y en sus pómulos más marcados. Y a pesar de todo, era preciosa, pensó. Pero le preocupaba que la siguiente vez que la mirase solo encontrara un manojo de huesos.

–Tú también estás muy guapo –contestó Casilda con ternura–. Un poco cambiado, eso sí. Parece que la altura te afecta, pero en cuanto bajemos de aquí mejorarás. Ya lo verás.

Marcos sonrió y dio un paso hacia el borde de la rampa, sin soltar la mano de Casilda.

–Pues bien, volvamos a casa. Creo que tenemos que sentarnos. ¿Recuerdas cómo era cuando nos tirábamos por un tobogán?

–Perfectamente –contestó Casilda, sentándose con las piernas suspendidas como dos espaguetis sobre la rampa–. Te advierto que esto está helado.

Marcos se sentó junto a ella.

–No te sueltes de mi mano.

–No.

–¿Lo prometes?

–Sí.

–¡Pues allá vamos! –exclamó Marcos dándose un ligero impulso hacia abajo.

El hielo despidió una estela chisporroteante que quedó suspendida en el aire un segundo.

Tanatia aguzó el oído y escuchó el sonido áspero de la ropa contra el hielo. Cerró los ojos y vio a Marcos y a Casilda. También vio la rampa infinitamente larga y vio... algo más. Ahora que ella era La Muerte, había heredado todas aquellas facultades que en un principio le habían parecido fastidiosas, pero que eran tan necesarias para poder estar en todos los sitios del mundo al mismo tiempo.

La voz del capitán Speedy la devolvió a la realidad.

–Querida, ¿podrías sujetar con más fuerza el arcón? Creo que voy a morir aplastado.

–AÚN NO –sonrió Tanatia, sintiendo cómo el corazón del capitán Speedy rugía bajo su capa–. TIENES UNA VIDA LARGA –añadió, y tiró de la argolla en un último esfuerzo que logró sacar el arcón a cubierta.

Y ahí quedó, sobre las viejas maderas crujientes y húmedas, bajo la mirada de la tripulación que se había reunido en torno a su botín.

36

Al principio, Marcos tuvo la sensación de que se deslizaban por un túnel, ganando más y más velocidad, hasta que sintió un fuerte tirón y Casilda se soltó de su mano.

–¡Marcos! –oyó.

De golpe y porrazo, salieron del túnel y pudo ver que la rampa del tobogán se había dividido en dos. Ahora, Casilda se deslizaba lejos de él en otra dirección.

–¿Qué haces ahí? –gritó Marcos.

–¡Te dije que no me soltaras! –respondió ella, y el tobogán se retorció en una nueva curva alejándola más aún.

Casilda dirigió una mirada de súplica que estuvo a punto de romper el corazón de Marcos. Él se abalanzó sobre el borde del tobogán y lo aferró con ambas manos, intentando frenar la caída. Sintió un calor abrasador en las palmas y apretó los dientes con fuerza para aguantar el dolor.

—¿HAS VISTO LO QUE HA HECHO MI CHICO? —preguntó Tanatia entornando los ojos.

—¿Qué chico? —preguntó Speedy mientras levantaba la tapa del arcón.

—NADA, NO IMPORTA —repuso Tanatia agitando las manos dentro de la oscuridad del baúl—. ¡HALA, HALA! ¡AFUERA TODAS!

Las estrellas parpadearon antes de reaccionar. Cuando lo hicieron, un estallido de luces de colores salió del baúl y se refugió en la capa de Tanatia, ante la mirada atónita del capitán Speedy y su tripulación.

—Y ahora, ¿qué? —preguntó Speedy sin entender nada.

—AHORA, AL CIELO —contestó Tanatia antes de desaparecer como un cohete.

Un resplandor alumbró la noche e iluminó a Marcos y a Casilda.

—¡Marcos! —gritó Casilda.

—¡Te encontraré abajo!

La noche helada no tardó en dejar paso a las nubes. Tras ellas aparecieron los abruptos picos de las montañas, y después, la sucesión de edificios, tejados, el campanario..., las copas de los árboles..., el parque...

Lo siguiente fue un trompazo.

Un rebote, dos, tres...

Marcos rodó como una pelota y arrastró en su caída un buen montón de hojas secas.

El corazón le latía con fuerza y los oídos le zumbaban.

Dejó de rodar.

Escuchó su propia respiración dentro de su cabeza.
He llegado, se dijo. La cuestión era adónde.

Apoyó las manos en la tierra y levantó la cabeza. Se sentía muy débil y le dolían todos los huesos. También veía borroso.

Oyó unos pasos que se precipitaban hacia él.

–¡Madre mía! ¡Menudo batacazo!

Un brazo fuerte y sólido le ayudó a incorporarse.

–¿Está usted bien? ¡Gracias a Dios que andaba por aquí!

Marcos, confuso, miró al hombre que le ayudaba a levantarse y ahora se empeñaba en arrastrarle de un brazo hasta un banco. Sobre la tierra vislumbró a duras penas las hojas de un periódico, aún mojadas, moviéndose como un pájaro agonizante. Un recuerdo lejano intentó alcanzarle, pero se deshizo rápidamente antes de llegar a su conciencia.

–¿He llegado? ¿Estoy en casa?

El joven le miró con preocupación.

–Señor, está en el Parque de los Sonámbulos.

Marcos suspiró aliviado al tiempo que asentía con la cabeza.

–Bien, bien...

–Ha sido un buen golpe –dijo el joven–. ¿Se encuentra bien?

–Sí, sí –contestó Marcos buscando el tobogán.

–¿Se ha golpeado la cabeza?

–Mi cabeza está perfectamente.

–¿Recuerda usted su nombre?

–Marcos.

–¿Quiere que llame a alguien? ¿Le acompañaba algún familiar?

–Casilda. Una muchacha... –Marcos intentó describir a Casilda y, con horror, se dio cuenta de que apenas lograba recordar su rostro.

–¿Una muchacha? No he visto a nadie por aquí. Si quiere, puedo ir a buscarla. ¿Es su hija, tal vez?

–¿Mi hija? ¡No, no! Es una amiga. Bajábamos juntos por el tobogán..., pero la rampa se dividió en dos –Marcos se levantó del banco.

—¿El tobogán?

—Sí, ese tobogán alto como un rascacielos...

—Disculpe, señor, pero aquí no hay un tobogán como el que describe. Creo que le llevaré al hospital.

—No, no. Nada de hospitales. Por supuesto que hay un tobogán; todo el mundo en la ciudad lo sabe. Un tobogán alto como un rascacielos que hunde su final en espesos nubarrones.

—Señor, eso es una de nuestras leyendas. En la ciudad hay tres leyendas: la primera cuenta que el Puente de las Ballenas debe su forma al roce de las ballenas que desfilan cada noche por nuestro río; la segunda cuenta que la Avenida de los Olmos está llena de manzanos cuyas manzanas te devuelven la juventud, y la tercera... ¡Ah, la tercera! Esa es la que más gusta a los niños. La del tobogán gigante —susurró el joven, imprimiendo un falso tono de terror a su voz—. Pero yo le puedo asegurar que todas ellas son falsas.

Marcos echó a andar entre los árboles, consciente de que el joven le seguía.

—Señor, no debería estar usted en el parque. Ha habido una gran inundación y lo hemos cerrado hace unas horas. Se ha prohibido el acceso al recinto...

—Está ahí, al final del bosque —interrumpió Marcos sin dejar de caminar, mientras señalaba con el dedo.

—Sí, señor. Claro, señor. Ahí hay un tobogán.

Marcos se detuvo junto al último de los árboles. Frente a él vio una pradera verde plagada de amapolas rojas. En medio de esta había un pequeño tobogán de hierro pintado de rojo, no más alto de dos metros y medio.

—Había otro tobogán mucho más alto —farfulló—. Tan alto como... —Marcos dejó de hablar.

Desde hacía unos minutos había comenzado a sentirse ridículo, confuso y un poco tonto. Y además, estaba la manera que tenía aquel joven de hablarle como si fuera...

... como si fuera...

... un anciano.

Se miró las manos.

La piel arrugada, salpicada de pequeñas manchas oscuras; las venas abultadas como lombrices verdosas. Marcos exhaló todo el aire contenido.

—Gracias por su ayuda —dijo, cansado.

—De nada, señor. Si quiere, le acompaño —contestó el joven indicándole el camino de salida del parque.

—Conozco este parque perfectamente —dijo Marcos—. Entré aquí siendo un niño, ¿sabe?

—¿Señor?

—Sí, he pasado mi vida en este parque. Cuesta creerlo, ¿verdad?

—¿Señor?

—Marcos. Me llamo Marcos y solo tengo cinco años —añadió antes de cruzar la alta verja.

Unos minutos más tarde, Marcos estaba perdido.

37

Había cruzado una gran avenida, había pasado frente a un edificio oscuro y gris y se había tropezado con las vías de un tranvía. Ahora vagaba por calles estrechas y sinuosas; sus esperanzas de encontrar el camino a su casa cada vez se hacían más débiles, hasta que vio la larga Avenida de los Olmos. A pesar de que él era un anciano, la ciudad no parecía haber cambiado lo más mínimo. Marcos se preguntó si el paso del tiempo arriba del tobogán solo le habría afectado a él.

Una enorme sonrisa se dibujó en su cara. Si subía la avenida encontraría el Puente de las Ballenas, y más allá, su casa. Casi estaba seguro de que podría orientarse.

Calculó la hora. En ese momento la mayoría de los habitantes de la ciudad aún dormían, a excepción de los barrenderos y de algún camión de la basura que terminaba su ruta con retraso. Marcos llevaba un buen rato caminando, y le dolían las piernas. Se sentó en uno de los bancos de la Avenida de los Olmos y miró a su alrededor antes de recoger algunas manzanas del suelo. Le avergonzaba hacerlo, pero se sentía hambriento; si no comía algo, no podría seguir caminando.

Frotó las manzanas contra su manga para limpiarlas de polvo y tierra y, al hacerlo, oyó un crujido en uno de sus bolsillos. Metió la mano y encontró un papel arrugado y un lápiz. Se trataba de su larga lista de números y letras. Estuvo un largo rato mirándolos con atención. Los números bailaron, brillaron, aparecieron y desaparecieron. Otros se hicieron enormes, crecieron de tamaño, algunos se encogieron...

La cabeza de Marcos comenzó a trabajar a toda velocidad.

En ese papel había algo importante, se dijo de pronto. Repasó los números.

Los ordenó del uno al mil. Cada número tenía una letra o un símbolo que Marcos reconocía como puntos y comas. Separó todo eso de los números, sin alterar el orden en el que estaban. Al juntar las letras, se dio cuenta de que formaban palabras. Así que, más animado, siguió con su tarea.

Se comió otra manzana entera y finalmente leyó lo que había escrito.

Esta es la historia de Marcos, el niño que se subió al tobogán más alto del mundo y al hacerlo descubrió el valor.

Esta es la historia de Tanatia, la niñera que arriesgó su vida por encontrar a Marcos y al hacerlo descubrió el esfuerzo.

Esta es la historia de Casilda, que dio lo que más quería por salvar a un amigo y al hacerlo descubrió el amor.

Esta es la historia del abuelo Junior, que salvó una estrella y al hacerlo descubrió la generosidad.

Esta es la historia de cuatro héroes que dieron su primer paso antes de empezar una gran aventura para la que se necesitaban cuatro cosas: valor, esfuerzo, amor y generosidad.

Y este es el final de la aventura de Marcos, que llegó a viejo. No mucha gente tiene esa suerte, aunque a algunos les parezca una desgracia.

Para los niños que, como Marcos, sobrevivan a esta aventura, tenemos tres consejos:

Nunca creas todo lo que dicen, pero escucha con atención los rumores: siempre tienen algo de cierto.

Nunca dejes de hacer algo solo porque los demás teman hacerlo; pero si decides llevarlo a cabo, considera las fuerzas que te van a acompañar.

Si quieres mantenerte joven, come muchas manzanas.

Te deseamos mucha suerte y felicidad en el resto de tu vida.

Marcos leyó y releyó el mensaje mientras seguía comiendo manzanas. Cuantas más veces lo leía, más le costaba entender todas las palabras, y por momentos olvidaba la frase anterior. Algunos nombres bailotearon en su cabeza antes de desaparecer de su memoria por completo. ¿Quién era Casilda? ¿Y el abuelo Junior? ¿Qué significaba esa palabra? ¿Y esa otra?

En unos minutos, un único nombre permanecía en su memoria. Un nombre que conocía muy bien.

Al atardecer, en un banco solitario, un niño miró a su alrededor. Estaba desorientado. Se había perdido, aunque no recordaba ni cuándo ni cómo había sucedido.

—¡Taniaaaaa! —gritó Marcos con todas sus fuerzas.

Luego se echó a llorar.

38

Fue el mismo joven del parque el que condujo a Marcos hasta su casa. Por supuesto, no reparó en el parecido que guardaba aquel niño con el anciano de la mañana. Un buen observador se hubiera dado cuenta de que ambos eran la misma persona. Pero la vida nos cambia y nos transforma; tan solo una persona es capaz de reconocernos a pesar de los años, y todos sabemos de quién se trata.

–¡Mamá!

–¡Marcos!

Amelia, la mamá de Marcos, se precipitó hacia su hijo cuando abrió la puerta. Lo abrazó, lo besó, le regañó y de nuevo lo abrazó y lo besó. Y hubiera seguido así lo que quedaba del día, si no fuera porque se dio cuenta de que Tanatia había desaparecido.

Al día siguiente denunció la desaparición de su niñera, pero pasaron los meses y no había rastro de ella.

Pronto se extendió entre las demás niñeras el rumor sobre la desafortunada suerte que había corrido Tanatia.

Las malas lenguas decían que se había escapado con un hombre de aspecto salvaje y fiero, alto, desgarbado, de ojos encendidos como brasas, manos grandes como piedras y pies largos como tablones. Un hombre que la había engañado después de prometerle que se casaría con ella. Un hombre de intenciones malévolas que la había secuestrado para pedir un rescate.

–Ese tipo de hombres que son seres humanos, sí, pero que podrían pertenecer a alguna otra clase de fauna, como la de los tiburones –escuchaba Marcos susurrar a su nueva niñera, que pasaba más tiempo fabulando que ocupándose de él. Y entonces Marcos abría la boca, pero la cerraba cuando olvidaba lo que iba a decir.

Marcos tuvo niñeras hasta los ocho años. Muchas muchachas intentaron suplir a Tanatia, pero ninguna logró conservar el puesto más de unas pocas semanas. Marcos echaba de menos a Tanatia y algunas noches recordaba sus historias, aquellas que solía contarle para hacer de él un muchacho robusto y fuerte. Aquellas que hacían temblar sus huesos para fortalecerlos.

Hasta que, la mañana de su octavo cumpleaños, el cartero trajo un paquete a su nombre. El paquetito estaba pulcramente envuelto en un papel tan negro como el carbón, sobre el que brillaban pequeñas estrellas doradas.

Marcos lo abrió con curiosidad e inmediatamente lo reconoció. Acarició las tapas del diario de Tanatia con nostalgia. La emoción era tan grande que ningún otro regalo de los que recibió ese día le hizo tan feliz como aquel.

Pasó gran parte del día hojeando el diario. Aquellos maravillosos dibujos seguían ahí, brillantes y frescos como si acabaran de ser pintados, y cada vez que Marcos pasaba una página descubría uno nuevo, sorprendente y extrañamente familiar.

Se detuvo en ese en el que un larguísimo tobogán asomaba sobre un grupo de árboles, y pasó rápidamente la página para descubrir aquel otro en el que un niño subía los escalones, ya por encima de las nubes. Le pareció que conocía a aquella niña que flotaba en el cielo agarrada a unos globos, y en la siguiente página miró boquiabierto el magnífico velero pirata que surcaba los cielos impulsado por más de una docena de remos alados. Reconoció a Tanatia en otro de los dibujos, y aquella figura oscura y encapuchada le trajo a la memoria un anciano gruñón que encontró unas páginas más adelante. Sonrió al ver una enorme cigüeña con las alas extendidas, y tembló de frío ante un paisaje de hielo más allá de las nubes.

Él conocía todo aquello. Estaba seguro, aunque no lograba recordar cómo ni cuándo había estado allí.

El último dibujo era un cielo estrellado. Solo eso.

¿Solo eso?

No.

Un rayo de luz cruzaba la noche y desaparecía en el borde del papel.

Marcos guardó el diario de Tanatia en el cajón de su mesilla y pasó parte de la noche con sueños extraños, en los que una chiquilla, que a ratos era una mujer y a ratos una anciana, le acompañaba. Mil escalones se dirigían hacia el cielo. Mil escalones que él debía subir.

Le despertó un golpetazo. Luego escuchó algo: forcejeos, gemidos, un pisotón y una exclamación ahogada.

–LA IDEA NO ERA DESPERTAR A TODO EL VECINDARIO –dijo alguien.

Un vozarrón que se esforzaba en parecer un susurro sin conseguirlo comenzó a dar órdenes:

–Más a la derecha. No. He dicho a la derecha. ¿Es que nadie sabe aún dónde está la derecha?

Marcos se incorporó en la cama. Por alguna razón, no tenía miedo. Él conocía esas voces. Encendió la luz de su mesilla de noche y parpadeó asombrado. Tanatia, de pie junto a la ventana, contemplaba con cara de fastidio las maniobras que un gigantesco barco, guiado por un hombretón y un grupo de chiquillos, intentaba realizar para varar junto a la casa. Un nombre llegó a la cabeza de Marcos: el capitán Speedy.

–HEMOS DESPERTADO AL CHICO. TENÍA QUE SER UNA SORPRESA.

–Hola, Tania –dijo Marcos sin poder reprimir una enorme sonrisa. Hubiera corrido a abrazar a Tanatia, pero sabía de sobra que a ella no le gustaban los abrazos ni los besos.

«Las personas que abrazan demasiado terminan casadas con cualquiera», solía decir Tanatia.

–HOLA, MARCOS.

Contempló impresionado la elegante figura de Tanatia. Había cambiado bastante: ahora parecía más alta y estaba más pálida que antes, si eso era posible. Su cara irradiaba un resplandor como el de las luces de neón de los baños del colegio, y además llevaba una capa larga y negra como la noche.

Tanatia dio un paso dentro del dormitorio de Marcos y, con un sencillo gesto y gran pericia, la extendió por el cuarto, que se llenó de oscuridad como si acabaran de derramar un barril de tinta por el suelo. Sobre la capa se agolparon pequeñas luces blancas que parecieron surgir de la nada.

–LA OSCURIDAD ATRAE A LA LUZ –explicó Tanatia–. SIEMPRE SUCEDE.

Tanatia recogió la capa sobre uno de sus hombros y la luz se vio reducida al círculo anaranjado de la lamparita de noche.

–ME PREGUNTABA QUÉ TAL IRÍAN LAS COSAS POR AQUÍ.

–Bien, como siempre, aunque un poco más aburrido desde que te has marchado –contestó Marcos.

–ABURRIRSE ES EL SECRETO PARA SER CREATIVO. UN POCO DE ABURRIMIENTO SIEMPRE ES INSPIRADOR. RECUÉRDALO –dijo Tanatia después de echar un vistazo a su alrededor, como si buscara algo.

Marcos abrió el cajón y le ofreció el diario.

–¿Has venido a por tu diario?

–NO. ESO ES UN REGALO. TE SERVIRÁ PARA RECORDAR.

—Entonces, ¿has vuelto para quedarte? —preguntó Marcos, ligeramente esperanzado.

—¿PARA QUEDARME? AUNQUE QUISIERA, NO PODRÍA: MI TRABAJO ME OBLIGA A ESTAR CONSTANTEMENTE EN MOVIMIENTO. DE HECHO, AHORA MISMO ESTOY REGRESANDO DE UN NAUFRAGIO, UN ACCIDENTE DE AVIÓN Y UN INCENDIO.

Marcos contuvo las ganas de preguntar cómo era eso posible. A veces le resultaba muy difícil entender lo que ella le explicaba; además, ahora estaba más interesado en saber a qué se debía la visita que en descifrar el misterio por el que Tanatia afirmaba estar en varios sitios al mismo tiempo.

—ESTOY AQUÍ PARA AVISARTE DE QUE ALGUIEN HA DECIDIDO REGRESAR Y HA ELEGIDO TU CASA PARA QUEDARSE.

—No entiendo nada.

—ESO ES PORQUE AÚN TIENES OCHO AÑOS.

—Pues no sé si quiero esperar a tener nueve.

—EN REALIDAD, LA EDAD NO TIENE IMPORTANCIA. ES LA COMBINACIÓN NEURONAL Y LA RESISTENCIA AL CAMBIO LO QUE VUELVE A LA GENTE ESTÚPIDA PARA APRENDER COSAS NUEVAS.

Tanatia entornó los ojos, repiqueteó con los dedos sobre la mesa y añadió:

—PERO NO TE ESTOY LLAMANDO ESTÚPIDO.

—Supongo que algún día entenderé más cosas que ahora —dijo Marcos encogiéndose de hombros.

—SÍ —contestó Tanatia, y por primera vez en su vida, Marcos la vio sonreír. Fue una sonrisa luminosa, tan brillante como las luces de su capa. Y fue especial, porque la gente que nunca sonríe, cuando lo hace, parece que te regala algo.

Tanatia caminó hacia la ventana y de una zancada se subió al marco.

–¿Te volveré a ver? –preguntó Marcos.

–DE ESO ESTOY SEGURA.

–¿Cuándo?

–«CUÁNDO» ES ALGO DIFÍCIL DE RESPONDER EN MI TRABAJO, PERO EL ENCUENTRO ESTÁ ASEGURADO.

–Tanatia...

–DIME.

–¿Qué me ha pasado? ¿De quiénes son todos esos nombres que ahora recuerdo? ¿Por qué te marchaste?

–A VECES ES MEJOR NO SABER TODAS LAS RESPUESTAS –contestó Tanatia, subiendo al barco de un salto tan ligero como si flotara en el aire.

39

Marcos siguió con nostalgia el rumbo del *Cortavientos* cuando zarpó, hasta que la antorcha del velero solo fue un puntito en el horizonte. Cientos de preguntas se agolpaban en su cabeza, pero sabía de sobra que habría sido inútil insistir a Tanatia.

Se detuvo a mirar una estrella fugaz que partió el cielo por la mitad y que, en lugar de desaparecer, cobró intensidad a medida que describía una curva y se dirigía a toda velocidad hacia su casa. Marcos dio un paso hacia atrás, asustado. La luz se hizo más grande, atravesó los jardines y esquivó con pericia los tejados y las vallas hasta estrellarse contra la casa.

Marcos cayó al suelo, cegado por el resplandor. El jardín se iluminó un segundo para volver a la oscuridad de la noche. Un olorcillo como a parrillada de verduras quedó flotando en el aire. Se levantó, aún aturdido, y miró por la ventana. Una estela de humo era el único vestigio del paso de aquella luz. No había ni un pequeño fuego ni un agujero en el suelo: nada que indicara dónde había caído esa cosa. Marcos se temió que hubiera entrado por una de las ventanas, tal vez por la de la cocina.

Bajó las escaleras sin hacer ruido y recorrió la planta baja. Pero por más que buscó, no encontró rastro de cráteres, agujeros llameantes ni fuegos.

Fue al dirigirse hacia su dormitorio cuando la vio. Estaba justo delante de la puerta del cuarto de sus padres. Era una bolita brillante que se esforzaba por colarse bajo la estrecha ranura de la puerta. Parecía una canica, pero sin la solidez del cristal. Rodó hasta sus pies.

Marcos se agachó.

–¡Chist! Eh, ¿puedes echarme una mano? –susurró la bolita.

–¿Me hablas a mí? –preguntó Marcos acercando más la cara hacia la luz.

–Claro –respondió la bolita.

Marcos dudó.

–¿Por qué quieres entrar? ¿Y para qué?

–Porque me han llamado.

–¿Mis padres?

–¿Esos de ahí dentro son tus padres?

–Sí.

–Pues estás de enhorabuena, chico.

–¿Por qué?

–Eso aún no te lo puedo decir. Quizá me he precipitado al felicitarte, uno nunca sabe... Algunas veces, no todo sale... Pero siempre se puede intentar otra vez, aunque, claro...

La bolita dejó de hablar y Marcos escuchó con claridad un coro de susurros en su interior, como si varias personas discutieran algo ahí dentro.

–¿Qué eres? –preguntó Marcos acercando cuidadosamente el dedo.

–¡Eh, sin tocar! –protestó la bolita, alejándose de él y chocando sin ruido contra la pared del pasillo–. Si me tocas lo fastidiarás todo, y me ha costado muchísimo llegar hasta aquí. He tenido que esquivar un gato, una urraca y un barco enorme lleno de globos. Ahora solo necesito entrar en ese cuarto.

–¿Prometes no hacer daño a mis padres? ¿No robarles, herirlos ni hacerles algo malo malísimo?

La bolita volvió a resoplar y esta vez brilló con fuerza.

–Lo prometo, Marcos.

Marcos abrió mucho los ojos.

–¿Cómo sabes mi nombre?

–Esa no es la cuestión. La cuestión es: ¿por qué tú no me recuerdas?

–¿Cómo podría acordarme de ti? No eres más que una luz pequeña y redonda.

–Ah, claro, es eso. Bien, acércate y mira.

Marcos miró el cristal oscuro y vio su ojo reflejado dentro.

–No, no te conozco –dijo con desánimo.

Entonces aparecieron otra cara y otro ojo mirando a Marcos. Fue tan inesperado que Marcos dejó caer la bolita al suelo. En ese momento, la puerta del dormitorio de sus padres se abrió, y su padre le miró sorprendido desde el umbral.

–Marcos, ¿qué haces despierto? ¿Y por qué estás en el suelo?

Marcos tartamudeó algo, al tiempo que señalaba la trayectoria de la bolita que ahora rodaba a toda velocidad por el suelo del dormitorio de sus padres.

–Ella... Eso...

Pero en un segundo había desaparecido, y su madre caminaba hacia él mientras se cubría con una bata.

–¿Estás bien? ¿Has tenido alguna pesadilla?

–No, es que había... –Marcos se detuvo ante la certeza de que nada de lo que les iba a contar sonaría convincente. Resopló resignado mientras caminaba de vuelta a su dormitorio, pero pasó el resto de la semana buscando el más pequeño rastro de la luz.

Y así transcurrieron los meses, hasta que su atención se desvió hacia su madre, que estaba engordando muchísimo, y hacia el cuarto nuevo que sus padres decoraban con papeles de rayas azules y blancas, con peces de colores suspendidos por finos hilos en el aire y con una enorme cuna que trajeron la misma mañana en que su padre y él condujeron rápidamente al hospital, mientras su madre se sujetaba la enorme barriga con las dos manos y soplaba con fuerza como si quisiera inflar muchos globos al mismo tiempo.

40

Y AQUÍ ESTAMOS, en la sala de espera de la planta de maternidad del Hospital de la Estrella. Marcos mira a su padre, que camina arriba y abajo estrujándose las manos. Nunca había considerado la posibilidad de tener un hermanito, y durante estos meses casi no ha pensado en ello.

Algunos enfermeros pasan charlando animadamente, las enfermeras empujan carritos metálicos que tintinean a su paso y varias señoras barrigonas acunan a sus bebés, arrastrando las zapatillas silenciosas sobre las baldosas del suelo.

–Papá, ¿puedo ir a por agua a la cafetería?

Su padre se busca unas monedas en el bolsillo y se las da, distraído.

–No tardes, hijo.

Luego retoma su paseo por la salita.

Marcos abre la puerta que conduce a las escaleras. No le gustan los ascensores; sin embargo, los escalones...

Baja los peldaños de dos en dos y, de pronto, se detiene. Sobre uno de los peldaños le ha parecido ver un número, y eso le trae recuerdos. Los números aparecen y desaparecen a su paso como holografías que puede atravesar con el pie. Entonces llega al último peldaño y escucha una voz chillona que viene de la primera planta. Abre la puerta que conduce al pasillo del vestíbulo y se da de narices con una niña. Lleva el brazo escayolado y su madre tira de su otro brazo con energía.

–¡Volar! ¡Menuda tontería tan grande! –exclama la señora.

–Yo puedo volar –insiste la niña echando una rápida mirada a Marcos–. Los demás no pueden, pero yo sí –vuelve a mirarlo y clava los ojos en él como un felino que reconoce a su presa.

–Te diré una cosa, y te la diré una sola vez –recalca su madre, deteniéndose frente a ella al tiempo que agita un dedo acusador en el aire–. ¡La próxima vez que intentes saltar desde tu ventana, pondré unas rejas tan grandes que no podrás ver el cielo! Y si te rompes la crisma, no derramaré ni una sola lágrima por una niña tan tonta como tú.

La niña sigue con la vista clavada en Marcos. Marcos tampoco puede dejar de mirarla.

–¡Casilda! ¿Me estás escuchando? –exclama su madre muy enfadada.

Marcos escucha ese nombre.

Casilda.

¿Casilda?

¿Por qué conoce ese nombre?

–Te conozco –le susurra la niña mientras su madre la sacude del brazo.

Marcos sonríe. Sí. Es cierto, aunque no puede recordar cuándo, dónde ni por qué se conocieron.

Un segundo después, Casilda sale por la puerta principal sin apartar la vista de Marcos.

Él duda un segundo y luego sigue su camino hacia la cafetería arrojando la moneda al aire y correteando para atraparla antes de que caiga al suelo. Paga la botella de agua y sube corriendo las escaleras hasta la tercera planta.

Su padre aún camina por la salita de espera.

Un hombre atraviesa el pasillo con un grupo de globos de colores y una caja de bombones en la mano.

Globos rojos.

Globos azules.

Globos blancos.

¿Nunca has tenido la sensación de haber vivido algo antes?

Es algo misterioso.

Puede que Marcos recuerde algún día lo que significa todo esto, o puede que no.

Eso no es importante.

Las cosas importantes llegan sin esfuerzo, al contrario de lo que la gente piensa.

Las cosas importantes nos suceden aunque no nos demos cuenta.

Las cosas importantes pasan todos los días por nuestro lado y a veces ni siquiera las reconocemos.

Pero eso tampoco es importante, porque ellas sí nos reconocen a nosotros. Las cosas importantes nos buscan y siempre nos encuentran.

Marcos asoma la cabeza sobre la cuna de su hermanito. Es muy pequeño, y él nunca ha visto nada tan pequeño.

¿O tal vez sí?

Tiene los ojos cerrados y una marca sonrosada con forma de corazón en la mejilla, y eso sí que lo ha visto antes.

—¿Cómo le van a llamar? —pregunta una enfermera que ayuda a su madre a cambiarse.

—Junior —dice Marcos sin pensarlo.

—¿Junior? —repiten sus padres.

—Sí, Junior.

El pequeño Junior abre los ojos y pestañea con un pequeño tic en el ojo derecho.

Marcos siente que el corazón le arde.

Y entonces, eso importante le alcanza.

Epílogo

ASÍ QUE EL AMOR..., *reflexiona Tanatia apoyada en la borda del* Cortavientos. NUNCA PENSÉ QUE HUBIERA ALGO MÁS PODEROSO QUE LA MUERTE.

El capitán Speedy la mira arrobado, mientras intenta sacar las primeras notas de un viejo acordeón que Tanatia le ha traído de uno de sus viajes. Y esta vez, a Tanatia la música le parece deliciosa.

TE CUENTO QUE GABRIEL SALVADÓ...

... nació en 1966 y siempre ha vivido al lado del río y los huertos, cerca de Barcelona. No tiene estudios ni títulos, solo el de patrón de velero. Su abuelo arreglaba bicicletas, pero para ganar dinero trabajaba en una fábrica. Su padre cuida un huerto, pero también trabajaba en una fábrica por un sueldo. A Gabriel no le gustan las fábricas y es pobre. Pero prefiere pasear por el río, los gatos, la cerveza del atardecer, la luz del sol o navegar a vela. A veces está desanimado y a veces está contento, y acepta ambas cosas porque son parte de la vida y la vida le gusta mucho. Es un explicador, y todo esto es lo que explica dibujando y escribiendo.

TE CUENTO QUE VICTORIA PÉREZ ESCRIVÁ...

... sabe mucho de toboganes, y da consejos como estos a quien quiere escucharlos:
Cuando te subes a un tobogán, tienes que ir pasito a pasito.
Un escalón.
Luego otro.
Así vas aprendiendo a subir.
Puede que durante la escalada tropieces y estés a punto de caer.
Puede que te sientas cansado, o tan ágil que subas los escalones de dos en dos
o de tres en tres.
Puede que te pares a descansar en un escalón y descubras paisajes lejanos.
O cosas tan cercanas como la punta de tu zapato.
Cada persona sube un tobogán
como puede,
sabe
o quiere.
Pero el final es el mismo para todos:
dejarte caer.
Dejarte llevar hacia la tierra de nuevo.

Si te ha gustado este libro, visita

LITERATURASM·COM

Allí encontrarás:

- Un montón de libros.
- Juegos, descargables y vídeos.
- Concursos, sorteos y propuestas de eventos.

¡Y mucho más!

Para padres y profesores

- Noticias de actualidad, redes sociales y suscripción al boletín.
- Propuestas de animación a la lectura.
- Fichas de recursos didácticos y actividades.